Marília de Dirceu

Edição com texto integral. Inclui notas explicativas para os termos não usuais.

BIBLIOTECA
LUSO-BRASILEIRA

Título original: Marília de Dirceu. Publicado pela primeira vez em 1792.

Grafia conforme o novo Acordo Ortográfico da Língua Portuguesa.

1ª edição, 2023.

Editores: Jair Lot Vieira e Maíra Lot Vieira Micales
Produção editorial: Carla Bettelli
Edição de textos: Marta Almeida de Sá
Assistente editorial: Thiago Santos
Preparação de textos e notas: Tatiana Tanaka
Revisão: Marta Almeida de Sá
Diagramação: Estúdio Design do Livro
Capa: Aniele de Macedo Estevo

Dados Internacionais de Catalogação na Publicação (CIP)
(Câmara Brasileira do Livro, SP, Brasil)

Gonzaga, Tomás Antônio
Marília de Dirceu / Tomás Antônio Gonzaga. — São Paulo : Via Leitura, 2023. — (Biblioteca Luso-Brasileira)

ISBN 978-65-87034-37-9 (impresso)
ISBN 978-65-87034-38-6 (e-pub)

1. Poesia brasileira I. Título. II. Série.

23-168125 CDD-B869.1

Índice para catálogo sistemático:
1. Poesia : Literatura brasileira B869.1

Cibele Maria Dias - Bibliotecária - CRB-8/9427

EDITORA AFILIADA

VIA LEITURA

São Paulo: (11) 3107-7050 • Bauru: (14) 3234-4121
www.vialeitura.com.br • edipro@edipro.com.br
@editoraedipro @editoraedipro

O livro é a porta que se abre para a realização do homem.

Jair Lot Vieira

TOMÁS ANTÔNIO GONZAGA

Marília de Dirceu

VIA LEITURA

PARTE I

LIRA I

Eu, Marília, não sou algum vaqueiro,
Que viva de guardar alheio gado;
De tosco trato, d'expressões grosseiro,
Dos frios gelos, e dos sóis queimado.
Tenho próprio casal, e nele assisto;
Dá-me vinho, legume, fruta, azeite;
Das brancas ovelhinhas tiro o leite,
E mais as finas lãs, de que me visto.
Graças, Marília bela,
Graças à minha Estrela!

Eu vi o meu semblante numa fonte,
Dos anos inda não está cortado:
Os pastores, que habitam este monte,
Com tal destreza toco a sanfoninha,
Que inveja até me tem o próprio Alceste:[1]
Ao som dela concerto a voz celeste;
Nem canto letra, que não seja minha,
Graças, Marília bela,
Graças à minha Estrela!

Mas tendo tantos dotes da ventura,
Só apreço lhes dou, gentil Pastora,
Depois que teu afeto me segura,
Que queres do que tenho ser senhora.
É bom, minha Marília, é bom ser dono
De um rebanho, que cubra monte, e prado;
Porém, gentil Pastora, o teu agrado
Vale mais q'um rebanho, e mais q'um trono.

---

1. Alceste: na mitologia grega, a mais bela das filhas do rei Pélias, famosa pelo sacrifício feito em nome do amor.

Graças, Marília bela,
Graças à minha Estrela!

Os teus olhos espalham luz divina,
A quem a luz do Sol em vão se atreve:
Papoula, ou rosa delicada, e fina,
Te cobre as faces, que são cor de neve.
Os teus cabelos são uns fios d'ouro;
Teu lindo corpo bálsamos vapora.
Ah! Não, não fez o Céu, gentil Pastora,
Para glória de Amor igual tesouro.
Graças, Marília bela,
Graças à minha Estrela!

Leve-me a sementeira[2] muito embora
O rio sobre os campos levantado:
Acabe, acabe a peste matadora,
Sem deixar uma rês, o nédio gado.
Já destes bens, Marília, não preciso:
Nem me cega a paixão, que o mundo arrasta;
Para viver feliz, Marília, basta
Que os olhos movas, e me dês um riso.
Graças, Marília bela,
Graças à minha Estrela!

Irás a divertir-te na floresta,
Sustentada, Marília, no meu braço;
Ali descansarei a quente sesta,
Dormindo um leve sono em teu regaço:
Enquanto a luta jogam os Pastores,
E emparelhados correm nas campinas,
Toucarei teus cabelos de boninas,[3]
Nos troncos gravarei os teus louvores.
Graças, Marília bela,
Graças à minha Estrela!

2. Sementeira: porção de sementes.
3. Boninas: tipo de planta herbácea.

Depois de nos ferir a mão da morte,
Ou seja neste monte, ou noutra serra,
Nossos corpos terão, terão a sorte
De consumir os dois a mesma terra.
Na campa, rodeada de ciprestes,
Lerão estas palavras os Pastores:
"Quem quiser ser feliz nos seus amores,
Siga os exemplos, que nos deram estes."
Graças, Marília bela,
Graças à minha Estrela!

LIRA II

Pintam, Marília, os Poetas
A um menino vendado,
Com uma aljava[4] de setas,
Arco empunhado na mão;
Ligeiras asas nos ombros,
O tenro corpo despido,
E de Amor, ou de Cupido
São os nomes, que lhe dão.

Porém eu, Marília, nego,
Que assim seja Amor; pois ele
Nem é moço, nem é cego,
Nem setas, nem asas tem.
Ora pois, eu vou formar-lhe
Um retrato mais perfeito,
Que ele já feriu meu peito;
Por isso o conheço bem.

Os seus compridos cabelos,
Que sobre as costas ondeiam,
São que os de Apolo mais belos;
Mas de loura cor não são.

4. Aljava: estojo para armazenar setas.

Têm a cor da negra noite;
E com o branco do rosto
Fazem, Marília, um composto
Da mais formosa união.

Tem redonda, e lisa testa,
Arqueadas sobrancelhas;
A voz meiga, a vista honesta,
E seus olhos são uns sóis.
Aqui vence Amor ao Céu,
Que no dia luminoso
O Céu tem um Sol formoso,
E o travesso Amor tem dois.

Na sua face mimosa,
Marília, estão misturadas
Purpúreas folhas de rosa,
Brancas folhas de jasmim.
Dos rubins mais preciosos
Os seus beiços são formados;
Os seus dentes delicados
São pedaços de marfim.

Mal vi seu rosto perfeito
Dei logo um suspiro, e ele
Conheceu haver-me feito
Estrago no coração.
Punha em mim os olhos, quando
Entendia eu não olhava:
Vendo o que via, baixava
A modesta vista ao chão.

Chamei-lhe um dia formoso:
Ele, ouvindo os seus louvores,
Com um gesto desdenhoso
Se sorriu, e não falou.
Pintei-lhe outra vez o estado,

Em que estava esta alma posta;
Não me deu também resposta,
Constrangeu-se, e suspirou.

Conheço os sinais, e logo
Animado de esperança,
Busco dar um desafogo
Ao cansado coração.
Pego em teus dedos nevados,
E querendo dar-lhe um beijo,
Cobriu-se todo de pejo,[5]
E fugiu-me com a mão.

Tu, Marília, agora vendo
De Amor o lindo retrato,
Contigo estarás dizendo,
Que é este o retrato teu.
Sim, Marília, a cópia é tua,
Que Cupido é Deus suposto:
Se há Cupido, é só teu rosto,
Que ele foi quem me venceu.

LIRA III

De amar, minha Marília, a formosura
Não se podem livrar humanos peitos.
Adoram os heróis; e os mesmos brutos
Aos grilhões[6] de Cupido estão sujeitos.
Quem, Marília, despreza uma beleza,
        A luz da razão precisa;
        E se tem discurso, pisa
A lei, que lhe ditou a Natureza.

5. Pejo: vergonha, pudor.
6. Grilhões: laços, no sentido de prisões.

Cupido entrou no Céu. O grande Jove[7]
Uma vez se mudou em chuva de ouro;
Outras vezes tomou as várias formas
De General de Tebas, velha, e touro.
O próprio Deus da Guerra desumano
Não viveu de amor ileso;
Quis a Vênus, e foi preso
Na rede, que lhe armou o Deus Vulcano.

Mas sendo amor igual para os viventes,
Tem mais desculpa, ou menos esta chama:
Amar formosos rostos acredita,
Amar os feios de algum modo infama.
Que lê que Jove amou, não lê nem topa,
Que ele amou vulgar donzela:
Lê que amou a Dânae[8] bela,
Encontra que roubou a linda Europa.

Se amar uma beleza se desculpa
Em quem ao próprio Céu, e terra move:
Qual é a minha glória, pois igualo,
Ou excedo no amor ao mesmo Jove?
Amou o Pai dos Deuses Soberano
Um semblante peregrino:
Eu adoro o teu divino,
O teu divino rosto, e sou humano.

LIRA IV

Marília, teus olhos
São réus, e culpados,
Que sofra, e que beije
Os ferros pesados
De injusto Senhor.

7. Jove: nome pelo qual o deus romano Júpiter também é conhecido.
8. Dânae: segundo a mitologia grega, princesa que foi amada por Zeus.

Marília, escuta
Um triste Pastor.

Mal vi o teu rosto,
O sangue gelou-se,
A língua prendeu-se,
Tremi, e mudou-se
Das faces a cor.
Marília, escuta
Um triste Pastor.

A vista furtiva,
O riso imperfeito,
Fizeram a chaga,
Que abriste no peito,
Mais funda, e maior.
Marília, escuta
Um triste Pastor.

Dispus-me a servir-te;
Levava o teu gado
À fonte mais clara,
À vargem, e prado
De relva melhor.
Marília, escuta
Um triste Pastor.

Se vinha da herdade,[9]
Trazia dos ninhos
As aves nascidas,
Abrindo os biquinhos
De fome ou temor.
Marília, escuta
Um triste Pastor.

9. Herdade: o mesmo que quinta, terreno para semeadura.

Se alguém te louvava,
De gosto me enchia;
Mas sempre o ciúme
No rosto acendia
Um vivo calor.
Marília, escuta
Um triste Pastor.

Se estavas alegre,
Dirceu se alegrava;
Se estavas sentida,
Dirceu suspirava
À força da dor.
Marília, escuta
Um triste Pastor.

Falando com Laura,
Marília dizia;
Sorria-se aquela,
E eu conhecia
O erro de amor.
Marília, escuta
Um triste Pastor.

Movida, Marília,
De tanta ternura,
Nos braços me deste
Da tua fé pura
Um doce penhor.
Marília, escuta
Um triste Pastor.

Tu mesma disseste
Que tudo podia
Mudar de figura;
Mas nunca seria
Teu peito traidor.

Marília, escuta
Um triste Pastor.

Tu já te mudaste;
E a faia[10] frondosa,
Aonde escreveste
A jura horrorosa,
Tem todo o vigor.
Marília, escuta
Um triste Pastor.

Mas eu te desculpo,
Que o fado tirano
Te obriga a deixar-me;
Pois basta o meu dano
Da sorte, que for.
Marília, escuta
Um triste Pastor.

LIRA V

Acaso são estes
Os sítios formosos.
Aonde passava
Os anos gostosos?
São estes os prados,
Aonde brincava,
Enquanto passava
O gordo rebanho,
Que Alceu me deixou?
São estes os sítios?
São estes; mas eu
O mesmo não sou.
Marília, tu chamas?
Espera, que eu vou.

10. Faia: árvore da família das fagáceas.

Daquele penhasco
Um rio caía;
Ao som do sussurro
Que vezes dormia!
Agora não cobrem
Espumas nevadas
As pedras quebradas;
Parece que o rio
O curso voltou
São estes os sítios?
São estes; mas eu
O mesmo não sou.
Marília, tu chamas?
Espera, que eu vou.

Meus versos alegre
Aqui repetia:
O eco as palavras
Três vezes dizia,
Se chamo por ele,
Já não me responde;
Parece se esconde,
Cansado de dar-me
Os ais, que lhe dou.
São estes os sítios?
São estes; mas eu
O mesmo não sou.
Marília, tu chamas?
Espera, que eu vou.

Aqui um regato
Corria sereno
Por margens cobertas
De flores, e feno:
À esquerda se erguia
Um bosque fechado,
E o tempo apressado,

Que nada respeita,
Já tudo mudou.
São estes os sítios?
São estes; mas eu
O mesmo não sou.
Marília, tu chamas?
Espera, que eu vou.

Mas como discorro?
Acaso podia
Já tudo mudar-se
No espaço de um dia?
Existem as fontes,
E os freixos copados;
Dão flores os prados,
E corre a cascata,
Que nunca secou.
São estes os sítios?
São estes; mas eu
O mesmo não sou.
Marília, tu chamas?
Espera, que eu vou.

Minha alma, que tinha
Liberta a vontade,
Agora já sente
Amor, e saudade,
Os sítios formosos me agradaram,
Ah! Não se mudaram;
Mudaram-se os olhos,
De triste que estou.
São estes os sítios?
São estes; mas eu
O mesmo não sou.
Marília, tu chamas?
Espera, que eu vou.

LIRA VI

Oh! Quanto pode em nós a vária Estrela!
Que diversos que são os gênios nossos!
Qual solta a branca vela,
E afronta sobre o pinho os mares grossos;
Qual cinge[11] com a malha o peito duro,
E marchando na frente das coortes,[12]
Faz a torre voar, cair o muro.

O sórdido avarento em vão defende
Que possa o filho entrar no seu tesouro;
Aqui fechado estende
Sobre a tábua, que verga, as barras d'ouro.
Sacode o jogador do copo os dados;
E numa noite só, que ao sono rouba,
Perde o resto dos bens, do pai herdados.

O que da voraz gula o vício adora,
Da lauta[13] mesa os seus prazeres fia.
E o terno Alceste chora
Ao som dos versos, a que o gênio o guia.
O sábio Galileu toma o compasso,
E sem voar ao Céu, calcula, e mede
Das Estrelas, e Sol o imenso espaço.

Enquanto pois, Marília, a vária gente
Se deixa conduzir do próprio gosto,
Passo as horas contente
Notando as graças do teu lindo rosto.
Sem cansar-me a saber se o Sol se move;
Ou se a terra volteia, assim conheço
Aonde chega o poder do grande Jove.

11. Cinge: reprime, restringe.
12. Coortes: a décima parte da legião romana; tropa.
13. Lauta: abundante.

Noto, gentil Marília, os teus cabelos.
E noto as faces de jasmins, e rosas:
Noto os teus olhos belos,
Os brancos dentes, e as feições mimosas:
Quem faz uma obra tão perfeita, e linda,
Minha bela Marília, também pode
Fazer os Céus, e mais, se há mais ainda.

LIRA VII

Vou retratar a Marília,
A Marília, meus amores;
Porém como? Se eu não vejo
Quem me empreste as finas cores:
Dar-mas a terra não pode;
Não, que a sua cor mimosa
Vence o lírio, vence a rosa,
O jasmim, e as outras flores.
Ah! Socorre, Amor, socorre
Ao mais grato empenho meu!
Voa sobre os Astros, voa,
Traze-me as tintas do Céu.

Mas não se esmoreça logo;
Busquemos um pouco mais;
Nos mares talvez se encontrem
Cores, que sejam iguais.
Porém não, que em paralelo
Da minha Ninfa adorada
Pérolas não valem nada,
E nada valem corais.
Ah! Socorre, Amor, socorre
Ao mais grato empenho meu!
Voa sobre os Astros, voa,
Traze-me as tintas do Céu.

Só no Céu achar-se podem
Tais belezas, como aquelas,
Que Marília tem nos olhos,
E que tem nas faces belas.
Mas às faces graciosas,
Aos negros olhos, que matam,
Não imitam, não retratam
Nem Auroras, nem Estrelas.
Ah! Socorre, Amor, socorre
Ao mais grato empenho meu!
Voa sobre os Astros, voa,
Traze-me as tintas do Céu.

Entremos, Amor, entremos,
Entremos na mesma
Esfera, Venha Palas, venha Juno,
Venha a Deusa de Citera,
Porém não, que se Marília
No certame[14] antigo entrasse,
Bem que a Páris não peitasse,
A todas as três vencera.
Vai-te, Amor, em vão socorres
Ao mais grato empenho meu:
Para formar-lhe o retrato
Não bastam tintas do Céu.

LIRA VIII

Marília, de que te queixas?
De que te roubou Dirceu
O sincero coração?
Não te deu também o seu?
E tu, Marília, primeiro
Não lhe lançaste o grilhão?

14. Certame: batalha; discussão.

Todos amam: só Marília
Desta Lei da Natureza
Queria ter isenção?

Em torno das castas pombas,
Não rulam ternos pombinhos?
E rulam, Marília, em vão?
Não se afagam c'os biquinhos?
E a prova de mais ternura
Não os arrasta a paixão?
Todos amam: só Marília
Desta Lei da Natureza
Queria ter isenção?

Já viste, minha Marília,
Avezinhas, que não façam
Os seus ninhos no verão?
Aquelas, com que se enlaçam,
Não vão cantar-lhes defronte
Do mole pouso, em que estão?
Todos amam: só Marília
Desta Lei da Natureza
Queria ter isenção?

Se os peixes, Marília, geram
Nos bravos mares, e rios,
Tudo efeitos de Amor são.
Amam os brutos ímpios,[15]
A serpente venenosa,
A onça, o tigre, o leão.
Todos amam: só Marília
Desta Lei da Natureza
Queria ter isenção?

15. Ímpios: hereges; ateus.

As grandes Deusas do Céu
Sentem a seta tirana
Da amorosa inclinação.
Diana, com ser Diana,
Não se abrasa, não suspira
Pelo amor de Endimião?
        Todos amam: só Marília
        Desta Lei da Natureza
        Queria ter isenção?

Desiste, Marília bela,
De uma queixa sustentada
Só na altiva opinião.
Esta chama é inspirada
Pelo Céu; pois nela assenta
A nossa conservação.
        Todos amam: só Marília
        Desta Lei da Natureza
        Não deve ter isenção.

LIRA IX

Eu sou, gentil Marília, eu sou cativo;
Porém não me venceu a mão armada
        De ferro, e de furor:
Uma alma sobre todas elevada
Não cede a outra força, que não seja
        A tenra mão de amor.

Arrastem pois os outros muito embora
Cadeias nas bigornas trabalhadas
        Com pesados martelos:
Eu tenho as minhas mãos ao carro atadas
Com duros ferros não, com fios d'ouro,
        Que são os teus cabelos.

Oculto nos teus meigos vivos olhos
Cupido a tudo faz tirana guerra:
Sacode a seta ardente;
E sendo despedida cá da terra,
As nuvens rompe, chega ao alto Empíreo:[16]
E chega ainda quente.

As abelhas nas asas suspendidas
Tiram, Marília, os sucos saborosos
Das orvalhadas flores:
Pendentes dos teus beijos graciosos
O mel não chupam, chupam ambrosias
Nunca fartos Amores.

O Vento quando parte em largas fitas
As folhas, que meneia[17] com brandura;
A fonte cristalina,
Que sobre as pedras cai de imensa altura,
Não forma um som tão doce, como forma
A tua voz divina.

Em torno dos teus peitos, que palpitam,
Exaltam mil suspiros desvelados
Enxames de desejos;
Se encontram os teus olhos descuidados,
Por mais que se atropelem, voam, chegam;
E dão furtivos beijos.

O Cisne, quando corta o manso largo,
Erguendo as brancas asas, e o pescoço;
A Nau, que ao longe passa,
Quando o vento lhe infuna o pano grosso,
O teu garbo não tem, minha Marília,
Não tem a tua graça.

16. Empíreo: morada dos deuses.
17. Meneia: move, mexe.

Estima pois os mais a liberdade;
Eu prezo o cativeiro: sim, nem chamo
        À mão de amor ímpia:
Honro a virtude, e os teus dotes amo:
Também o grande Aquiles veste a saia,
        Também Alcides fia.

LIRA X

Se existe um peito,
Que isento viva
Da chama ativa,
Que acende Amor;
        Ah! Não habite
Neste montado,
Fuja apressado
Do vil traidor.

Corra, que o ímpio
Aqui se esconde,
Não sei aonde;
Mas sei que o vi.
        Traz novas setas,
Arco robusto;
Tremi de susto,
Em vão fugi.

Eu vou mostrar-vos,
Tristes mortais,
Quantos sinais
O ímpio tem.
        Oh! Como é justo
Que todo o humano
Um tal tirano
Conheça bem!

No corpo ainda
Menino existe;
Mas quem resiste
Ao braço seu?
Ao negro Inferno
Levou a guerra;
Venceu a terra,
Venceu o Céu.

Jamais se cobrem
Seus membros belos;
E os seus cabelos
Que lindos são!
Vendados olhos,
Que tudo alcançam,
E jamais lançam
A seta em vão.

As suas faces
São cor de neve;
E a boca breve
Só risos tem.
Mas, ah! respira
Negros venenos,
Que nem ao menos,
Os olhos veem.

Aljava grande
Dependurada,
Sempre atacada
De bons farpões.
Fere com estas
Agudas lanças
Pombinhas mansas,
Bravos leões.

Se a seta falta,
Tem outra pronta,
Que a dura ponta
Jamais torceu.
        Ninguém resiste
Aos golpes dela:
Marília bela
Foi quem lha deu.

Ah! Não sustente
Dura peleja[18]
O que deseja
Ser vencedor.
        Fuja, e não olhe,
Que só fugindo
De um rosto lindo
Se vence Amor.

LIRA XI

Não toques, minha Musa, não, não toques
        Na sonorosa Lira,
Que às almas, como a minha, namoradas
        Doces canções inspira:
Assopra no clarim, que apenas soa,
        Enche de assombro a terra!
Naquele, a cujo som cantou Homero,
        Cantou Virgílio a Guerra.

        Busquemos, ó Musa,
        Empresa[19] maior;
        Deixemos as ternas
        Fadigas do Amor.

18. Peleja: trabalho árduo; contenda.
19. Empresa: aqui no sentido de intento, desígnio.

Eu já não vejo as graças, de que forma
Cupido o seu tesouro;
Vivos olhos, e faces cor-de-rosa,
Com crespos fios de ouro:
Meus olhos só veem graças, e loureiros;
Veem carvalhos, e palmas;
Veem os ramos honrosos, que distinguem
As vencedoras almas.

Busquemos, ó Musa,
Empresa maior;
Deixemos as ternas
Fadigas do Amor.

Cantemos o herói, que já no berço
As serpes[20] despedaça;
Que fere os Cacos, que destrona as hidras;
Mais os leões, que abraça.
Cantemos, se isto é pouco, a dura guerra
Dos Titães, e Tifeus,
Que arrancam as montanhas, e atrevidos
Levam armas aos Céus.

Busquemos, ó Musa,
Empresa maior;
Deixemos as ternas
Fadigas do Amor.

Anima pois, ó Musa, o instrumento,
Que a voz também levanto,
Porém tu deste muito acima o ponto,
Dirceu não sobe tanto:
Abaixa, minha Musa, o tom, qu'ergueste;
Eu já, eu já te sigo.

20. Serpes: serpentes.

Mas, ah! vou a dizer *Herói*, e *Guerra*,
E só MARÍLIA digo.

Deixemos, ó Musa,
Empresa maior;
Só posso seguir-te
Cantando de Amor.

Feres as cordas d'ouro? Ah! Sim, agora
Meu canto já se afina:
E a humana voz parece que ao som delas
Se faz também divina.
O mesmo, que cercou de muro a Tebas,
Não canta assim tão terno;
Nem pode competir comigo aquele,
Que desceu ao negro Inferno.

Deixemos, ó Musa,
Empresa maior;
Só posso seguir-te
Cantando de Amor.

Mal repito MARÍLIA, as doces aves
Mostram sinais de espanto;
Erguem os colos, voltam as cabeças,
Param o ledo canto:
Move-se o tronco, o vento se suspende;
Pasma o gado, e não come:
Quanto podem meus versos!
Quanto pode Só de Marília o nome!

Deixemos, ó Musa,
Empresa maior;
Só posso seguir-te
Cantando de Amor.

LIRA XII

Topei um dia
Ao Deus vendado,
Que descuidado
Não tinha as setas
Na ímpia mão.
        Mal o conheço,
Me sobe logo
Ao rosto o fogo,
Que a raiva acende
No coração.

"Morre, tirano;
Morre, inimigo."
Mal isto digo,
Raivoso o aperto
Nos braços meus.
        Tanto que o moço
Sente apertar-se,
Para salvar-se
Também me aperta
Nos braços seus.

O leve corpo
Ao ar levanto;
Ah! e com quanto
Impulso o trago
Do ar ao chão!
        Pôde suster-se
A vez primeira;
Mas à terceira
Nos pés, que alarga,
Se firma em vão.

Mal o derrubo,
Ferro aguçado

No já cansado
Peito, que arqueja,
Mil golpes deu.
Suou seu rosto;
Tremeu gemendo;
E a cor perdendo,
Bateu as asas;
Enfim morreu.

Qual bravo Alcides,
Que a hirsuta pele
Vestiu daquele
Grenhoso[21] bruto,
A quem matou;
Para que prove
A empresa honrada,
Co'a mão manchada
Recolho as setas,
Que me deixou.

Ouviu Marília
Que Amor gritava;
E como estava
Vizinha ao sítio
Valer-lhe vem.
Mas quando chega
Espavorida,
Nem já de vida
O fero monstro
Indício tem.

Então, Marília,
Que o vê de perto
De pó coberto,
E todo envolto

21. Grenhoso: aquele cujo cabelo está emaranhado.

No sangue seu,
As mãos aperta
No peito brando,
E aflita dando
Um ai, os olhos
Levanta ao Céu.

Chega-se a ele
Compadecida;
Lava a ferida
C'o pranto amargo,
Que derramou.
Então o monstro
Dando um suspiro,
Fazendo um giro
Co'a baça vista,
Ressuscitou.

Respira a Deusa;
E vem o gosto
Fazer no rosto
O mesmo efeito,
Que fez a dor.
Que louca ideia
Foi, a que tive!
Enquanto vive
Marília bela,
Não morre Amor.

LIRA XIII

Oh! quantos riscos,
Marília bela,
Não atropela
Quem cego arrasta
Grilhões de Amor!
Um peito forte,

De acordo falto,
Zomba do assalto
Do vil traidor.

O amante de Hero
Da luz guiado,
C'o peito ousado
Na escura noite
Rompia o mar.
Se o Helesponto[22]
Se encapelava,
Ah! não deixava
De lhe ir falar.

Do Cantor Trácio
A herocidade
Esta verdade,
Minha Marília,
Prova também.
Cheio de esforço
Vai ao Cócito[23]
Buscar aflito,
Seu doce bem.

Que ação tão grande
Nunca intentada!
Ao pé da entrada
Já tudo assusta
O coração:
Pendentes rochas,
Campos adustos,[24]
Que nem arbustos,
Nem ervas dão.

22. Helesponto: estreito de Dardanelos, localizado na Turquia.
23. Cócito: na mitologia grega, trata-se do rio das lamentações.
24. Adustos: abrasados; queimados pelo calor.

Na funda fralda[25]
De calvo monte,
Corre Aqueronte,
Rio de ardente,
Mortal licor.
    Tem o barqueiro
Testa enrugada,
Vista inflamada,
Que mete horror.

Que seguranças!
Que fechaduras!
As portas duras
Não são de lenhos;
De ferro são.
    Por três gargantas,
Quando alguém bate,
Raivoso late
O negro cão.

Dentro da cova
Soam lamentos;
E que tormentos[26]
Não mostra aos olhos
A escassa luz!
    Minos a pena
Manda se intime
Igual ao crime,
Que ali conduz.

Grande penedo
Este carrega;
E apenas chega

25. Fralda: sopé (neste caso, do monte).
26. No texto original em que esta edição foi baseada, não há este verso. Porém, ele é encontrado em outras edições, como a da Impressão Régia, de 1810. Optou-se pela inclusão dele para que a estrofe respeite a métrica da lira.

Do monte ao cume,
O faz rolar.
A pedra sempre
Ao vale desce,
Sem que ele cesse
De a ir buscar.

Nas limpas águas
Habita aquele:
Por cima dele
Verdejam ramos,
Que pomos dão.
Debalde a boca
Molhar pretende.
Debalde estende
Faminta mão.

Tem outro o peito
Despedaçado:
Monstro esfaimado[27]
Jamais descansa
De lho roer.
A roxa carne,
Que o abutre come,
Não se consome,
Torna a crescer.

Mas bem que tudo
Pavor inspira,
Tocando a lira
Desce ao Averno[28]
O bom Cantor.
Não se entorpece
A língua, e braço;

27. Esfaimado: esfomeado, faminto.
28. Averno: na Antiguidade, significava a entrada para o inferno.

Não treme o passo,
Não perde a cor.

Ah! também quanto
Dirceu obrara,
Se precisara
Marília bela
De esforço seu!
Rompera os mares
C'o peito terno,
Fora ao Inferno,
Subira ao Céu.

Aos dois amantes
De Trácia, e Abido
Não deu Cupido
Do que aos mais todos
Maior valor.
Por seus vassalos
Forças reparte,
Como lhes parte
Os graus de Amor.

LIRA XIV

Minha bela Marília, tudo passa;
A sorte deste mundo é mal segura;
Se vem depois dos males a ventura,
Vem depois dos prazeres a desgraça.
Estão os mesmos Deuses
Sujeitos ao poder do ímpio Fado:
Apolo já fugiu do Céu brilhante,
Já foi Pastor de gado.

A devorante mão da negra Morte
Acaba de roubar o bem, que temos;
Até na triste campa não podemos

Zombar do braço da inconstante sorte.
Qual fica no sepulcro,
Que seus avós ergueram, descansado;
Qual no campo, e lhe arranca os brancos ossos
Ferro do torto arado.

Ah! enquanto os Destinos impiedosos
Não voltam contra nós a face irada,
Façamos, sim façamos, doce amada,
Os nossos breves dias mais ditosos.
Um coração, que frouxo
A grata posse de seu bem difere,
A si, Marília, a si próprio rouba,
E a si próprio fere.

Ornemos nossas testas com as flores.
E façamos de feno um brando leito,
Prendamo-nos, Marília, em laço estreito,
Gozemos do prazer de sãos Amores.
Sobre as nossas cabeças,
Sem que o possam deter, o tempo corre;
E para nós o tempo, que se passa,
Também, Marília, morre.

Com os anos, Marília, o gosto falta,
E se entorpece o corpo já cansado;
triste o velho cordeiro está deitado,
e o leve filho sempre alegre salta.
A mesma formosura
É dote, que só goza a mocidade:
Rugam-se as faces, o cabelo alveja,
Mal chega a longa idade.

Que havemos de esperar, Marília bela?
Que vão passando os florescentes dias?
As glórias, que vêm tarde, já vêm frias;
E pode enfim mudar-se a nossa estrela.

Ah! Não, minha Marília,
Aproveite-se o tempo, antes que faça
O estrago de roubar ao corpo as forças
E ao semblante a graça.

LIRA XV

A minha bela Marília
Tem de seu um bom tesouro;
Não é, doce Alceu, formado
Do buscado
Metal louro.
É feito de uns alvos dentes,
É feito de uns olhos belos,
De umas faces graciosas,
De crespos, finos cabelos;
E de outras graças maiores,
Que a natureza lhe deu:
Bens, que valem sobre a terra
E que têm valor no Céu.

Eu posso romper os montes,
Dar às correntes desvios;
Por cercados espaçosos[29]
Nos caudosos
Turvos rios.
Posso emendar a ventura
Ganhando astuto a riqueza;
Mas, ah! caro Alceu, quem pode
Ganhar uma só beleza
Das belezas, que Marília
No seu tesouro meteu?
Bens, que valem sobre a terra,
E que têm valor no Céu.

29. No texto original em que esta edição foi baseada, temos "Dar às correntes espaçosos" em lugar dos versos "Dar às correntes desvios;/Por cercados espaçosos". Em respeito à métrica da lira, optou-se pela versão encontrada em outros originais, como o da Impressão Régia, de 1810.

Da sorte que vive o rico
Entre o fausto[30] alegremente,
Vive o guardador do gado
    Apoucado,
    Mas contente.
Beije pois torpe avarento
As arcas de barras cheias:
Eu não beijo os vis tesouros,
Beijo as douradas cadeias,
Beijo as setas, beijo as armas
Com que o cego Amor venceu:
Bens, que valem sobre a terra,
E que têm valor no Céu.

Ama Apolo, e o fero[31] Marte;
Ama, Alceu, o mesmo Jove:
Não é, não, a vã riqueza,
    Sim beleza,
    Quem os move.
Posto ao lado de Marília
Mais que mortal me contemplo:
Deixo os bens, que aos homens cegam,
Sigo dos Deuses o exemplo:
Amo virtudes, e dotes;
Amo enfim, prezado Alceu,
Bens, que valem sobre a terra,
E que têm valor no Céu.

LIRA XVI

Eu, Glauceste, não duvido
Ser a tua Eulina amada
    Pastora formosa,
    Pastora engraçada,

30. Fausto: feliz; próspero.
31. Fero: bravio; indômito.

Vejo a sua cor-de-rosa,
Vejo o seu olhar divino,
Vejo os seus purpúreos beiços,
Vejo o peito cristalino;
Nem há coisa, que assemelhe
Ao crespo cabelo louro.
Ah! que a tua Eulina vale,
Vale um imenso tesouro!

Ela vence muito, e muito
À laranjeira copada,
        Estando de flores,
        E de frutos ornada.
É, Glauceste, os teus Amores;
E nem por outra Pastora,
Que menos dotes tivera,
Ou que menos bela fora,
O meu Glauceste cansara
As divinas cordas de ouro.
Ah! que a tua Eulina vale,
Vale um imenso tesouro!

Sim, Eulina é uma Deusa;
Mas anima a formosura
        De uma alma de fera;
        Ou inda mais dura.
Ah! quando Dirceu pondera
Que o seu Glauceste suspira,
Perde, perde o sofrimento,
E qual enfermo delira!
Tenha embora brancas faces,
Meigos olhos, fios de ouro,
A tua Eulina não vale,
Não vale imenso tesouro.

O fuzil, que imita a cobra,
Também aos olhos é belo:

Mas quando alumeia,[32]
Tu tremes de vê-lo.
Que importa se mostre cheia
De mil belezas a ingrata?
Não se julga formosura
A formosura, que mata.
Evita, Glauceste, evita
O teu estrago, e desdouro;[33]
A tua Eulina não vale,
Não vale imenso tesouro.

A minha Marília quanto
À natureza não deve!
Tem divino rosto,
E tem mãos de neve.
Se mostro na face o gosto,
Ri-se Marília contente;
Se canto, canta comigo,
E apenas triste me sente,
Limpa os olhos com as tranças
Do fino cabelo louro.
A minha Marília vale,
Vale um imenso tesouro.

LIRA XVII

Minha Marília,
Tu enfadada?
Que mão ousada
Perturbar pode
A paz sagrada
Do peito teu?
Porém que muito

32. Alumeia: ilumina.
33. Desdouro: desonra.

Que irado esteja
O teu semblante!
Também troveja
O claro Céu.

Eu sei, Marília,
Que outra Pastora
A toda hora,
Em toda a parte
Cega namora
Ao teu Pastor.
Há sempre fumo
Aonde há fogo:
Assim, Marília,
Há zelos, logo
Que existe amor.

Olha, Marília,
Na fonte pura
A tua alvura,
A tua boca,
E a compostura
Das mais feições.
Quem tem teu rosto
Ah! não receia
Que terno amante
Solte a cadeia,
Quebre os grilhões.

Não anda Laura
Nestas campinas
Sem as boninas
No seu cabelo,
Sem peles finas
No seu jubão.
Porém que importa?

O rico asseio
Não dá, Marília,
Ao rosto feio
A perfeição.

Quando apareces
Na madrugada,
Mal embrulhada
Na larga roupa,
E desgrenhada
Sem fita, ou flor;
Ah! que então brilha
A natureza!
Então se mostra
Tua beleza
Inda maior.

O Céu formoso,
Quando alumia
O Sol de dia,
Ou estrelado
Na noite fria,
Parece bem.
Também tem graça
Quando amanhece;
Até, Marília,
Quando anoitece
Também a tem.

Que tens, Marília,
Que ela suspire!
Que ela delire!
Que corra os vales!
Que os montes gire
Louca de amor!
Ela é que sente
Esta desdita,

E na repulsa
Mais se acredita
O teu Pastor.

Quando há, Marília,
Alguma festa
Lá na floresta,
(Fala a verdade)
dança com esta
o bom Dirceu?
                E se ela o busca,
Vendo buscar-se
Não se levanta,
Não vai sentar-se
Ao lado teu?

Quando um por outro
Na rua passa,
Se ela diz graça,
Ou muda o gesto,
Esta negaça
Faz-lhe impressão?
                Se está fronteira,
E brandamente
Lhe fita os olhos,
Não põe prudente
Os seus no chão?

Deixa o ciúme,
Que te desvela:
Marília bela,
Nunca receies
Dano daquela
Que igual não for.
                Que mais desejas?
Tens lindo aspecto;
Dirceu se alenta

De puro afeto,
E pundonor.[34]

LIRA XVIII

Não vês aquele velho respeitável
Que à muleta encostado
Apenas mal se move, e mal se arrasta?
Oh! quanto estrago não lhe fez o tempo!
O tempo arrebatado,
Que o mesmo bronze gasta.

Enrugaram-se as faces, e perderam
Seus olhos a viveza;
Voltou-se o seu cabelo em branca neve:
Já lhe treme a cabeça, a mão, o queixo,
Não tem uma beleza
Das belezas, que teve.

Assim também serei, minha Marília,
Daqui a poucos anos;
Que o ímpio tempo para todos corre.
Os dentes cairão, e os meus cabelos,
Ah! sentirei os danos,
Que evita só quem morre.

Mas sempre passarei uma velhice
Muito menos penosa.
Não trarei a muleta carregada:
Descansarei o já vergado corpo
Na tua mão piedosa,
Na tua mão nevada.

Nas frias tardes, em que negra nuvem
Os chuveiros não lance,

34. Pundonor: pudor; honra.

Irei contigo ao prado florescente:
Aqui me buscarás um sítio ameno;
Onde os membros descanse,
E o brando sol me aquente.

Apenas me sentar, então movendo
Os olhos por aquela
Vistosa parte, que ficar fronteira;
Apontando direi: "Ali falamos,
"Ali, ó minha bela,
"Te vi a vez primeira."

Verterão os meus olhos duas fontes,
Nascidas de alegria:
Farão teus olhos ternos outro tanto:
Então darei, Marília, frios beijos
Na mão formosa, e pia,
Que me limpar o pranto.

Assim irá, Marília, docemente
Meu corpo suportando
Do tempo desumano a dura guerra.
Contente morrerei, por ser Marília
Quem sentida chorando
Meus baços olhos cerra.

LIRA XIX

Enquanto pasta alegre o manso gado,
Minha bela Marília, nos sentemos
À sombra deste cedro levantado.
Um pouco meditemos
Na regular beleza,
Que em tudo quanto vive, nos descobre
A sábia natureza.

Atende, como aquela vaca preta
O novilhinho seu dos mais separa,
E o lambe, enquanto chupa a lisa teta.
Atende mais, ó cara,
Como a ruiva cadela
Suporta que lhe morda o filho o corpo,
E salte em cima dela.

Repara, como cheia de ternura
Entre as asas ao filho essa ave aquenta,
Como aquela esgravata[35] a terra dura,
E os seus assim sustenta;
Como se encoleriza,
E salta sem receio a todo o vulto,
Que junto deles pisa.

Que gosto não terá a esposa amante,
Quando der ao filhinho o peito brando,
E refletir então no seu semblante!
Quando, Marília, quando
Disser consigo: "É esta
"De teu querido pai a mesma barba,
"A mesma boca, e testa."

Que gosto não terá a mãe, que toca,
Quando o tem nos seus braços, c'o dedinho
Nas faces graciosas, e na boca
Do inocente filhinho!
Quando, Marília bela,
O tenro infante já com risos mudos
Começa a conhecê-la!

Que prazer não terão os pais ao verem
Com as mães um dos filhos abraçados;
Jogar outros a luta, outros correrem

35. Esgravatar: o mesmo que esgaravatar, remexer.

Nos cordeiros montados!
Que estado de ventura!
Que até naquilo, que de peso serve,
Inspira Amor, doçura.

LIRA XX

Em uma frondosa
Roseira se abria
Um lindo botão.
Marília formosa
O pé lhe torcia
Com a branca mão.

Nas folhas viçosas
A abelha enraivada
O corpo escondeu.
Tocou-lhe Marília,
Na mão descuidada
A fera mordeu.

Apenas lhe morde,
Marília gritando,
C'o dedo fugiu.
Amor, que no bosque
Estava brincando,
Aos ais acudiu.

Mal viu a rotura,[36]
E o sangue espargido,[37]
Que a Deusa mostrou;
Risonho beijando
O dedo ofendido,
Assim lhe falou:

---

36. Rotura: corte, ferida.
37. Espargido: espalhado.

"Se tu por não tão pouco
"O pranto desatas,
"Ah! dá-me atenção;
"E como daquele,
"Que feres, e matas,
"Não tens compaixão?"

LIRA XXI

Não sei, Marília, que tenho,
Depois que vi o teu rosto;
Pois quanto não é Marília,
Já não posso ver com gosto.
Noutra idade me alegrava,
Até quando conversava
Com o mais rude vaqueiro:
Hoje, ó Bela, me aborrece
Inda o trato lisonjeiro
Do mais discreto pastor
Que efeitos são os que sinto?
Serão efeitos de Amor?

Saio da minha cabana
Sem reparar no que faço:
Busco o sítio aonde moras,
Suspendo defronte o passo.
Fito os olhos na janela,
Aonde, Marília bela,
Tu chegas ao fim do dia;
Se alguém passa, e te saúda,
Bem que seja cortesia,
Se acende na face a cor.
Que efeitos são os que sinto?
Serão os efeitos de Amor?

Se estou, Marília, contigo,
Não tenho um leve cuidado;

Nem me lembra se são horas
De levar à fonte o gado.
Se vivo de ti distante,
Ao minuto, ao breve instante
Finge um dia o meu desgosto:
Jamais, Pastora, te vejo
Que em teu semblante composto
Não veja graça maior.
Que efeitos são os que sinto?
Serão os efeitos de Amor?

Ando já com o juízo,
Marília, tão perturbado,
Que no mesmo aberto sulco
Meto de novo o arado.
Aqui no centeio pego,
Noutra parte em vão o sego:
Se alguém comigo conversa,
Ou não respondo, ou respondo
Noutra coisa tão diversa,
Que nexo não tem menor.
Que efeitos são os que sinto?
Serão os efeitos de Amor?

Se geme o bufo agoureiro,
Só Marília me desvela,
Enche-se o peito de mágoa,
E não sei a causa dela.
Mal durmo, Marília, sonho
Que fero leão medonho
Te devora nos meus braços:
Gela-se o sangue nas veias,
E solto do sono os laços
À força da imensa dor.
Ah! que os efeitos, que sinto,
Só são efeitos de Amor.

LIRA XXII

Muito embora, Marília, muito embora
Outra beleza, que não seja a tua,
Com a vermelha roda, a seis puxada,
Faça tremer a rua.

As paredes da sala, aonde habita,
Adorne a seda, e o tremó[38] dourado;
Pendam largas cortinas, penda o lustre
Do teto apainelado.

Tu não habitarás palácios grandes,
Nem andarás nos coches voadores;
Porém terás um Vate,[39] que te preze,
Que cante os teus louvores.

O tempo não respeita a formosura;
E da pálida morte a mão tirana
Arrasa os edifícios dos Augustos,
E arrasa a vil choupana.

Que belezas, Marília, floresceram,
De quem nem sequer temos a memória!
Só podem conservar um nome eterno
Os versos, ou a história.

Se não houvesse Tasso, nem Petrarca,
Por mais que qualquer delas fosse linda,
Já não sabia o mundo, se existiram
Nem Laura, nem Clorinda.

É melhor, minha Bela, ser lembrada
Por quantos hão de vir sábios humanos,

38. Tremó: aparador com espelho que fica no espaço da parede entre duas janelas.
39. Vate: poeta.

Que ter urcos,[40] ter coches, e tesouros,
Que morrem com os anos.

LIRA XXIII

Num sítio ameno
Cheio de rosas,
De brancos lírios,
Murtas viçosas.

Dos seus amores
Na companhia
Dirceu passava
Alegre o dia.

Em tom de graça
Ao terno amante
Manda Marília
Que toque, e cante.

Pega na lira,
Sem que a tempere,
A voz levanta,
E as cordas fere.

C'os doces pontos
A mão atina,
E a voz iguala
À voz divina.

Ela, que teve
De rir-se a ideia,
Nem move os olhos
De assombro cheia:

40. Urcos: cavalos robustos.

Então cupido
Aparecendo,
À Bela fala
Assim dizendo:

"Do teu amado
"A lira fias,
"Só porque dele
"Zombando rias?

"Quando num peito
"Assento faço,
"Do peito subo
"À língua, e braço.

"Nem creias que outro
"Estilo tome,
"Sendo eu o mestre,
"A ação teu nome."

LIRA XXIV

Encheu, minha Marília, o grande Jove
De imensos animais de toda a espécie
    As terras, mais os ares,
O grande espaço dos salobros rios,
    Dos negros, fundos mares,
    Para sua defesa,
A todos deu as armas, que convinha
    A sábia natureza.

Deu as asas aos pássaros ligeiros,
Deu ao peixe escamoso as barbatanas;
    Deu veneno à serpente,
Ao membrudo elefante a enorme tromba,
    E ao javali o dente.

Coube ao leão a garra;
Com leve pé saltando o cervo foge;
E o bravo touro marra.

Ao homem deu as armas do discurso,
Que valem muito mais que as outras armas;
Deu-lhe dedos ligeiros,
Que podem converter em seu serviço
Os ferros, e os madeiros;
Que tecem fortes laços,
E forjam raios, com que aos brutos cortam
Os voos, mais os passos.

Às tímidas donzelas pertenceram
Outras armas, que têm dobrada força,
Deu-lhes a Natureza
Além do entendimento, além dos braços
As armas da beleza.
Só ela ao Céu se atreve;
Só ela mudar pode o gelo em fogo,
Mudar o fogo em neve.

Eu vejo, eu vejo ser a formosura,
Quem arrancou da mão de Coriolano
A cortadora espada.
Vejo que foi de Helena o lindo rosto,
Quem pôs em campo armada
Toda a força da Grécia.
E quem tirou o cetro aos reis de Roma?
Só foi, só foi Lucrécia.

Se podem lindos rostos, mal suspiram,
O braço desarmar do mesmo Aquiles;
Se estes rostos irados
Podem soprar o fogo da discórdia
Em povos aliados;
És árbitra da terra:

Tu podes dar, Marília, a todo o mundo
A paz, e a dura guerra.

LIRA XXV

O cego Cupido um dia
Com os seus Gênios falava
Do modo, que lhe restava
De cativar a Dirceu.
Depois de larga disputa,
Um dos Gênios mais sagazes
Este conselho lhe deu:

As setas mais aguçadas,
Como se em rocha batessem,
Dão no peito seu, e descem
Todas quebradas ao chão.
Só as graças de Marília
Podem vencer um tão duro,
Tão isento coração.

A fortuna desta empresa
Consiste em armar-se o laço,
Sem que sinta ser o braço,
Que lho prepara, de Amor:
Que ele vive como as aves,
Que já deixaram as penas
No visco[41] do caçador.

Na força deste conselho
O raivoso Deus sossega,
E à tropa a honra entrega
De o fazer executar.
Todos pretendem ganhá-la;
Batem as asas ligeiros,
E vão as armas buscar.

41. Visco: chamariz; isca.

Os primeiros se ocultaram
Da Deusa nos olhos belos:
Qual se enlaçou nos cabelos,
Qual às faces se prendeu.
Um amorinho cansado
Caiu dos lábios ao seio,
E nos peitos se escondeu.

Outro Gênio mais astuto
Este novo ardil alcança,
Muda-se numa criança
De divino parecer.
Esconde as asas, e a venda;
Esconde as setas, e quanto
Pode dá-lo a conhecer.

Ela que vê um menino
Todo de graças coberto,
Tão risonho, e tão esperto
Ali sozinho brincar,
A ele endireita os passos;
Finge Amor ter medo, e a Deusa
Mais se empenha em lhe pegar.

Ela corria chamando;
Ele fugia, e chorava:
Assim foram onde estava
O descuidado Pastor.
Este, mal viu a beleza,
E o gentil menino, entende
A malícia do traidor.

Põe as mãos sobre os ouvidos,
Cerra os olhos, e constante
Não quer ver o seu semblante,
Não o quer ouvir falar.
Qual Ulisses noutra idade

Para iludir as Sereias
Mandou tambores tocar.

Cupido, que a empresa via,
Julga o intento frustrado,
E de raiva transportado
O corpo no chão lançou.
Traçou a língua nos dentes;
Meteu as unhas no rosto,
E os cabelos arrancou.

O Gênio, que se escondia
Entre os peitos da Pastora,
Ergueu a cabeça fora,
E o sucesso conheceu.
Deixa o sossego em que estava,
E vai ligeiro meter-se
No peito do bom Dirceu.

Apenas do brando peito
Lhe tocou a neve fria,
Com o calor, que trazia,
Lhe abrasou o coração.
Dá o Pastor um suspiro,
Abre os seus olhos, e solta
Do apertado ouvido a mão.

Logo que viram os Gênios
Ao triste Pastor disposto
Para ver o lindo rosto,
Para as palavras ouvir,
Cada um as armas toma,
Cada um com elas busca
Seu terno peito ferir.

Com os cabelos da Deusa
Lhe forma um Cupido laços,

Que lhe seguram os braços,
Como se fossem grilhões.
O Pastor já não resiste;
Antes beija satisfeito
As suas doces prisões.

LIRA XXVI

O destro Cupido um dia
Extraiu mimosas cores
De frescos lírios, e rosas,
De jasmins, e de outras flores.

Com as mais delgadas penas
Usa de uma, e de outra tinta,
E nos ângulos do cobre
A quatro belezas pinta.

Por fazer pensar a todos
No seu liso centro escreve
Um letreiro, que pergunta:
"Este espaço a quem se deve?"

Vênus, que viu a pintura,
E leu a letra engenhosa,
Pôs por baixo "Eu dele cedo;
"Dê-se a Marília formosa."

LIRA XXVII

Alexandre, Marília, qual o rio,
Que engrossando no inverno tudo arrasa,
Na frente das coortes
Cerca, vence, abrasa
As cidades mais fortes.
Foi na glória das armas o primeiro;

Morreu na flor dos anos, e já tinha
Vencido o mundo inteiro.

Mas este bom soldado, cujo nome
Não há poder algum, que não abata,
Foi, Marília, somente
Um ditoso pirata,
Um salteador valente.
Se não tem uma fama baixa, e escura,
Foi por se pôr ao lado da injustiça
A insolente ventura.

O grande César, cujo nome voa,
À sua mesma Pátria a fé quebranta;
Na mão a espada toma,
Oprime-lhe a garganta,
Dá Senhores a Roma.
Consegue ser herói por um delito;
Se acaso não vencesse, então seria
Um vil traidor proscrito.

O ser herói, Marília, não consiste
Em queimar os Impérios: move a guerra,
Espalha o sangue humano,
E despovoa a terra
Também o mau tirano.
Consiste o ser herói em viver justo:
E tanto pode ser herói o pobre,
Como o maior Augusto.

Eu é que sou herói, Marília bela,
Seguindo da virtude a honrosa estrada:
Ganhei, ganhei um trono,
Ah! não manchei a espada,
Não roubei ao dono.
Ergui-o no teu peito, e nos teus braços:

E valem muito mais que o mundo inteiro
Uns tão ditosos laços.

Aos bárbaros, injustos vencedores
Atormentam remorsos, e cuidados;
Nem descansam seguros
Nos palácios cercados
De tropa, e de altos muros.
E a quantos nos não mostra a sábia história
A quem mudou o Fado em negro opróbrio[42]
A mal ganhada glória.

Eu vivo, minha Bela, sim, eu vivo
Nos braços do descanso, e mais do gosto:
Quando estou acordado
Contemplo no teu rosto
De graças adornado:
Se durmo, logo sonho, e ali te vejo.
Ah! nem desperto, nem dormindo sobe
A mais o meu desejo.

LIRA XXVIII

Cupido tirando
Dos ombros a aljava
Num campo de flores
Contente brincava.

E o corpo tenrinho
Depois, enfadado,
Incauto reclina
Na relva do prado.

Marília formosa,
Que ao Deus conhecia,

42. Opróbrio: infâmia, injúria.

Oculta espreitava
Quanto ele fazia.

Mal julga que dorme
Se chega contente,
As armas lhe furta,
E o Deus a não sente.

Os Faunos, mal viram
As armas roubadas,
Saíram das grutas
Soltando risadas.

Acorda Cupido,
E a causa sabendo,
A quantos o insultam
Responde, dizendo:

"Temíeis as setas
"Nas minhas mãos cruas!
"Vereis o que podem
"Agora nas suas."

LIRA XXIX

O tirano Amor risonho
Me aparece e me convida
Para que seu jugo aceite;
E quer que eu passe em deleite
O resto da triste vida.

"O sonoro Anacreonte
(Astuto o moço dizia)
"Já perto da morte estava,
"Inda de amores cantava;
"Por isso alegre vivia.

"Aos negros, duros pesares
"Não resiste um peito fraco
"Se o amor o não fortalece:
"O mesmo Jove carece
"De Cupido, e mais de Baco."

Eu lhe respondo: "Perjuro,
"Nada creio do que dizes;
"Porque já te fui sujeito,
"Inda conservo no peito
"Estas frescas cicatrizes.

"Se o mundo conhece males,
"Tu os maiores fizeste,
"Sim, tu a Troia queimaste,
"Tu a Cartago abrasaste,
"E tu a Antônio perdeste."

Amor, vendo que da oferta
Algum apreço não faço,
Me diz afoito que trate
De ir com ele a combate
Peito a peito, braço a braço.

Vou buscar as minhas armas;
Cinjo primeiro que tudo
O brilhante arnês,[43] e à pressa
Ponho um elmo na cabeça,
Tomo a lança, e o grosso escudo.

Mal no campo me apresento,
Marília (oh Céus!) me aparece:
Logo que os olhos me fita,
O meu coração palpita,
A minha mão desfalece.

---

43. Arnês: armadura completa; escudo.

Então me diz o tirano:
"Confessa, louco, o teu erro;
"Contra as armas da beleza
"Não vale a externa defesa
"Dessa armadura de ferro."

LIRA XXX

Junto a uma clara fonte
A mãe de Amor se assentou,
Encostou na mão o rosto,
No leve sono pegou.

Cupido, que a viu de longe,
Contente ao lugar correu;
Cuidando que era Marília
Na face um beijo lhe deu.

Acorda Vênus irada:
Amor a conhece; e então
Da ousadia, que teve,
Assim lhe pede o perdão:

"Foi fácil, ó Mãe formosa,
"Foi fácil o engano meu;
"Que o semblante de Marília
"É todo o semblante teu."

LIRA XXXI

Minha Marília,
Se tens beleza,
Da Natureza
É um favor.
Mas se aos vindouros
Teu nome passa,

É só por graça
Do Deus de amor,
Que tanto inflama
A mente, o peito
Do teu Pastor.

Em vão se viram
Perlas mimosas,
Jasmins, e rosas
No rosto teu.
Em vão terias
Essas estrelas,
E as tranças belas,
Que o Céu te deu;
Se em doce verso
Não as cantasse
O bom Dirceu.

O voraz tempo
Ligeiro corre:
Com ele morre
A perfeição.
Essa, que o Egito
Sábia modera,
De Marco impera
No coração;
Mas já Otávio
Não sente a força
Do seu grilhão.

Ah! vem, ó Bela,
E o teu querido,
Ao Deus Cupido
Louvores dar;
Pois faz que todos
Com igual sorte
Do tempo, e morte

Possam zombar:
Tu por formosa,
E ele, Marília,
Por te cantar.

Mas ai! Marília,
Que de um amante,
Por mais que cante,
Glória não vem!
Amor se pinta
Menino, e cego:
No doce emprego
Do caro bem
Não vê defeitos,
E aumenta quantas
Belezas tem.

Nenhum dos Vates,
Em teu conceito,
Nutriu no peito
Néscia[44] paixão?
Todas aquelas,
Que vês cantadas,
Foram dotadas
De perfeição?
Foram queridas;
Porém formosas
Talvez que não.

Porém que importa
Não valha nada
Seres cantada
Do teu Dirceu?
Tu tens, Marília,
Cantor celeste;

44. Néscia: estúpida.

O meu Glauceste
A voz ergueu;
Irá teu nome
Aos fins da terra,
E ao mesmo Céu.

Quando nas asas
Do leve vento
Ao firmamento
Teu nome for:
Mostrando Jove
Graça extremosa,
Mudando a Esposa
De inveja a cor;
De todos há de,
Voltando o rosto,
Sorrir-se Amor.

Ah! não se manche
Teu brando peito
Do vil defeito
Da ingratidão:
Os versos beija,
Gentil Pastora,
A pena adora,
Respeita a mão,
A mão discreta,
Que te segura
A duração.

LIRA XXXII

Numa noite sossegado
Velhos papéis revolvia,
E por ver de que tratavam
Um por um a todos lia.

Eram cópias emendadas,
De quantos versos melhores
Eu compus na tenra idade
A meus diversos amores.

Aqui leio justas queixas
Contra a ventura formadas,
Leio excessos mal aceitos,
Doces promessas quebradas.

Vendo sem-razões tamanhas
Eu exclamo transportado:
"Que finezas tão malfeitas!
"Que tempo tão mal passado!"

Junto pois num grande monte
Os soltos papéis, e logo,
Porque relíquias não fiquem,
Os intento pôr no fogo.

Então vejo que o Deus cego
Com semblante carregado
Assim me fala, e crimina
O meu intento acertado:

"Queres queimar esses versos?
"Dize, Pastor atrevido,
"Essas Liras não te foram
"Inspiradas por Cupido?

"Achas que de tais amores
"Não deve existir memória?
"Sepultando esses triunfos,
"Não roubas a minha glória?"

Disse Amor; e mal se cala,
Nos seus ombros a mão pondo,

Com um semblante sereno
Assim à queixa respondo:

"Depois, Amor, de me dares
"A minha Marília bela,
"Devo guardar umas liras,
"Que não são em honra dela?

"E que importa, Amor, que importa,
"Que a estes papéis destrua;
"Se é tua esta mão, que os rasga,
"Se a chama, que os queima, é tua?"

Apenas Amor me escuta
Manda que os lance nas brasas;
E ergue a chama c'o vento,
Que formou batendo as asas.

LIRA XXXIII

Pega na lira sonora,
Pega, meu caro Glauceste;
E ferindo as cordas de ouro,
Mostra aos rústicos Pastores
A formosura celeste
De Marília, meus amores.
Ah! pinta, pinta
A minha Bela!
E em nada a cópia
Se afaste dela.

Que concurso, meu Glauceste,
Que concurso tão ditoso!
Tu és digno de cantares
O seu semblante divino;
E o teu canto sonoroso
Também do seu rosto é digno.

Ah! pinta, pinta
A minha Bela!
E em nada a cópia
Se afaste dela.

Para pintares ao vivo
As suas faces mimosas,
A discreta natureza
Que providência não teve!
Criou no jardim as rosas,
Fez o lírio, e fez a neve.
Ah! pinta, pinta
A minha Bela!
E em nada a cópia
Se afaste dela.

A pintar as negras tranças
Peço que mais te desveles,
Pinta chusmas[45] de amorinhos
Pelos seus fios trepando;
Uns tecendo cordas deles,
Outros com eles brincando.
Ah! pinta, pinta
A minha Bela!
E em nada a cópia
Se afaste dela.

Para pintares, Glauceste,
Os seus beiços graciosos,
Entre as flores tens o cravo,
Entre as pedras, a granada,
E para os olhos formosos,
A estrela da madrugada.
Ah! pinta, pinta
A minha Bela!

45. Chusmas: grande quantidade de algo.

E em nada a cópia
Se afaste dela.

Mal retratares do rosto
Quanto julgares preciso,
Não dês a cópia por feita;
Passa a outros dotes, passa,
Pinta da vista, e do riso
A modéstia, mais a graça.
Ah! pinta, pinta
A minha Bela!
E em nada a cópia
Se afaste dela.

Pinta o garbo de seu rosto
Com expressões delicadas;[46]
Os seus pés, quando passeiam,
Pisando ternos amores;
E as mesmas plantas calcadas
Brotando viçosas flores.
Ah! pinta, pinta
A minha Bela!
E em nada a cópia
Se afaste dela.

Pinta mais, prezado amigo,
Um terno amante beijando
Suas douradas cadeias;
E em doce pranto desfeito,
Ao monte, e vale ensinando
O nome, que tem no peito.[47]

---

46. No texto original em que esta edição foi baseada, não há estes dois primeiros versos. Eles são encontrados em outras edições, como a do volume *Poetas do amor* (Collecção Lusitania), de 1928, da editora portuguesa Livraria Chardon. Optou-se por sua inclusão em respeito à métrica das demais estrofes da lira.

47. No texto original em que esta edição foi baseada, estes dois versos têm trechos suprimidos e estão condensados em uma só linha. Eles são encontrados integralmente em outras edições, como a do volume *Poetas do amor* (Collecção Lusitania), de 1928, da editora portuguesa Livraria Chardon, e a da Impressão Régia, de 1810. Optou-se por sua inclusão em respeito à métrica das demais estrofes da lira.

Ah! pinta, pinta
A minha Bela!
E em nada a cópia
Se afaste dela.

Nem suspendas o teu canto,
Inda que, Pastor, se veja
Que a minha boca suspira,
Que se banha em pranto o rosto;
Que os outros choram de inveja,
E chora Dirceu de gosto.
Ah! pinta, pinta
A minha Bela!
E em nada a cópia
Se afaste dela.

PARTE II

LIRA I

Já não cinjo de louro a minha testa;
Nem sonoras canções o Deus me inspira:
Ah! que nem me resta
Uma já quebrada,
Mal sonora Lira!

Mas neste mesmo estado, em que me vejo,
Pede, Marília, Amor que vá cantar-te:
Cumpro o seu desejo;
E ao que resta supra
A paixão, e a arte.

A fumaça, Marília, da candeia,
Que a molhada parede ou suja, ou pinta,
Bem que tosca, e feia,
Agora me pode
Ministrar a tinta.

Aos mais preparos o discurso apronta:
Ele me diz, que faça do pé de uma
Má laranja ponta,
E dele me sirva
Em lugar de pluma.

Perder as úteis horas não, não devo;
Verás, Marília, uma ideia nova:
Sim, eu já te escrevo,
Do que esta alma dita
Quando amor aprova.

Quem vive no regaço da ventura
Nada obra em te adorar, que assombro faça:

Mostra mais ternura
Quem te ensina, e morre
Nas mãos da desgraça.

Nesta cruel masmorra tenebrosa
Ainda vendo estou teus olhos belos,
A testa formosa,
Os dentes nevados,
Os negros cabelos.

Vejo, Marília, sim, e vejo ainda
A chusma dos Cupidos, que pendentes
Dessa boca linda,
Nos ares espalham
Suspiros ardentes.

Se alguém me perguntar onde eu te vejo,
Responderei: No *peito*, que uns Amores
De casto desejo
Aqui te pintaram,
E são bons Pintores.

Mal meus olhos te viram, ah! nessa hora
Teu retrato fizeram, e tão forte,
Que entendo, que agora
Só pode apagá-lo
O pulso da Morte.

Isto escrevia, quando, ó Céus, que vejo!
Descubro a ler-me os versos o Deus louro:
Ah! dá-lhes um beijo,
E diz-me que valem
Mais que letras de ouro.

LIRA II

Esprema a vil calúnia muito embora
Entre as mãos denegridas, e insolentes,
Os venenos das plantas,
E das bravas serpentes.

Chovam raios e raios, no meu rosto
Não hás de ver, Marília, o medo escrito:
O medo perturbador,
Que infunde o vil delito.

Podem muito, conheço, podem muito,
As fúrias infernais, que Pluto move;
Mas pode mais que todas
Um dedo só de Jove.

Este Deus converteu em flor mimosa,
A quem seu nome dera, a Narciso;
Fez de muitos os Astros,
Qu'inda no Céu diviso.

Ele pode livrar-me das injúrias
Do néscio, do atrevido ingrato povo;
Em nova flor mudar-me,
Mudar-me em Astro novo.

Porém se os justos Céus, por fins ocultos,
Em tão tirano mal me não socorrem;
Verás, então, que os sábios,
Bem como vivem, morrem.

Eu tenho um coração maior que o mundo!
Tu, formosa Marília, bem o sabes:
Um coração…, e basta,
Onde tu mesma cabes.

LIRA III

Sucede, Marília bela,
À medonha noite o dia;
A estação chuvosa e fria
À quente seca estação.
Muda-se a sorte dos tempos;
Só a minha sorte não?

Os troncos nas Primaveras
Brotam em flores viçosos,
Nos Invernos escabrosos
Largam as folhas no chão.
Muda-se a sorte dos troncos;
Só a minha sorte não?

Aos brutos, Marília, cortam
Armadas redes os passos,
Rompem depois os seus laços,
Fogem da dura prisão.
Muda-se a sorte dos brutos;
Só a minha sorte não?

Nenhum dos homens conserva
Alegre sempre o seu rosto;
Depois das penas vem gosto,
Depois de gosto, aflição.
Muda-se a sorte dos homens;
Só a minha sorte não?

Aos altos Deuses moveram
Soberbos Gigantes guerra;
No mais tempos o Céu, e a Terra
Lhes tributa adoração.
Muda-se a sorte dos Deuses;
Só a minha sorte não?

Há de, Marília, mudar-se
Do destino a inclemência;
Tenho por mim a inocência,
Tenho por mim a razão.
Muda-se a sorte de tudo;
Só a minha sorte não?

O tempo, ó Bela, que gasta
Os troncos, pedras, e o cobre,
O véu rompe, com que encobre
À verdade a vil traição.
Muda-se a sorte de tudo;
Só a minha sorte não?

Qual eu sou, verá o mundo;
Mais me dará do que eu tinha,
Tornarei a ver-te minha;
Que feliz consolação!
Não há de tudo mudar-se;
Só a minha sorte não.

LIRA IV

Já, já me vai, Marília, branquejando
Louro cabelo, que circula a testa;
Este mesmo, que alveja, vai caindo
E pouco já me resta.

As faces vão perdendo as vivas cores,
E vão-se sobre os ossos enrugando,
Vai fugindo a viveza dos meus olhos;
Tudo se vai mudando.

Se quero levantar-me, as costas vergam;
As forças dos meus membros já se gastam,
Vou a dar pela casa uns curtos passos,
Pesam-me os pés, e arrastam.

Se algum dia me vires desta sorte,
Vê que assim me não pôs a mão dos anos:
Os trabalhos, Marília, os sentimentos,
Fazem os mesmos danos.

Mal te vir, me dará em poucos dias
A minha mocidade o doce gosto;
Verás burnir-se a pele, o corpo encher-se,
Voltar a cor ao rosto.

No calmoso Verão as plantas secam;
Na Primavera, que os mortais encanta,
Apenas cai do Céu o fresco orvalho,
Verdeja logo a planta.

A doença deforma a quem padece;
Mas logo que a doença faz seu termo,
Torna, Marília, a ser quem era dantes,
O definhado enfermo.

Supõe-me qual doente, ou qual a planta,
No meio da desgraça, que me altera;
Eu também te suponho qual saúde,
Ou qual a Primavera.

Se dão esses teus meigos, vivos olhos
Aos mesmos Astros luz, e vida às flores,
Que efeitos não farão, em quem por eles
Sempre morreu de amores?

LIRA V

Os mares, minha bela, não se movem,
O brando Norte assopra, nem diviso
Uma nuvem sequer na Esfera toda;

O destro Nauta[48] aqui não é preciso;
Eu só conduzo a nau, eu só modero[49]
Do seu governo a roda.

Mas ah! que o Sul carrega, o mar se empola,
Rasga-se a vela, o mastaréu[50] se parte!
Qualquer varão prudente aqui já teme;
Não tenho a necessária força, e arte.
Corra o sábio Piloto, corra, e venha
Reger o duro leme.

Como sucede à nau no mar, sucede
Aos homens na ventura, e na desgraça;
Basta ao feliz não ter total demência;
Mas quem de venturoso a triste passa,
Deve entregar o leme do discurso
Nas mãos da sã prudência.

Todo o Céu se cobriu, os raios chovem:
E esta alma, em tanta pena consternada,
Nem sabe aonde possa achar conforto.
Ah! não, não tardes, vem, Marília amada,
Toma o leme da nau, mareia o pano,
Vai-a salvar no porto.

Mas ouço já de Amor as sábias vozes:
Ele me diz que sofra, senão morro,
E perco então, se morro, uns doces laços;
Não quero já, Marília, mais socorro;
Oh! ditoso sofrer, que lucrar pode
A glória dos teus braços!

48. Nauta: navegante, marinheiro.
49. No texto original em que esta edição foi baseada, não há este verso. Ele é encontrado em outras edições, como a do volume *Poetas do amor* (Collecção Lusitania), de 1928, da editora portuguesa Livraria Chardon, e a da Impressão Régia, de 1810. Optou-se por sua inclusão em respeito à métrica das demais estrofes da lira.
50. Mastaréu: mastro pequeno usado como apoio.

LIRA VI

De que te queixas,
Língua importuna?
De que a Fortuna
Roubar-te queira
O que te deu?
Este foi sempre
O gênio seu.

Levou, Marília,
A ímpia sorte
Catões[51] à morte;
Nem sepultura
Lhes concedeu.
Este foi sempre
O gênio seu.

A outros muitos,
Que vis nasceram,
Nem mereceram,
A grandes tronos
A ímpia ergueu.
Este foi sempre
O gênio seu.

Espalha a Cega
Sobre os humanos
Os bens, e os danos,
E a quem se devam
Nunca escolheu.
Este foi sempre
O gênio seu.

51. Catões: homens muito rígidos.

A quanto é justo
Jamais se dobra;
Nem igual obra
C'os mesmos Deuses
Do claro Céu.
Este foi sempre
O gênio seu.

Sobe, ao Céu, Vênus
Num carro ufano;
E cai Vulcano
Da pura esfera,
Em que nasceu.
Este foi sempre
O gênio seu.

Mas não me rouba,
Bem que se mude,
Honra, e virtude:
Que o mais é dela,
Mas isto é meu.
Este foi sempre
O gênio seu.

LIRA VII

Meu prezado Glauceste,
Se fazes o conceito,
Que, bem que réu, abrigo
A cândida virtude no meu peito;
Se julgas, digo, que mereço ainda
Da tua mão socorro,
Ah! vem dar-mo agora,
Agora sim que morro.

Não quero, que montado
No Pégaso fogoso,

Venhas com dura lança
Ao monstro infame traspassar raivoso.
Deixa que viva a pérfida[52] calúnia,
E forje o meu tormento:
Com menos, meu Glauceste,
Com menos me contento.

Toma a lira dourada,
E toca um pouco nela:
Levanta a voz celeste
Em parte que te escute a minha Bela;
Enche todo o contorno de alegria;
Não sofras, que o desgosto
Afogue em pranto amargo
O seu divino rosto.

Eu sei, eu sei, Glauceste,
Que um bom cantor havia,
Que os brutos amansava;
Que os troncos, e os penedos atraía.
De outro destro Cantor também afirma
A sábia antiguidade,
Que as muralhas erguera
De uma grande Cidade.

Orfeu as cordas fere;
O som delgado, e terno
Ao Rei Plutão abranda,
E o deixa, que penetre o fundo Averno.
Ah! tu a nenhum cedes, meu Glauceste,
Na lira, e mais no canto;
Podes fazer prodígios,
Obrar ou mais, ou tanto.

52. Pérfida: infiel.

Levanta pois as vozes:
Que mais, que mais esperas?
Consola um peito aflito;
Que é menos ainda, que domar as feras.
Com isto me darás no meu tormento
Um doce lenitivo;[53]
Que enquanto a Bela vive,
Também, Glauceste, vivo.

LIRA VIII

Eu vejo, ó minha Bela, aquele Nume
A quem o nome deram de Fortuna;
Pega-me pelo braço,
E com voz importuna
Me diz que mova o passo;
Que entre no grande Templo, em que se encerra
Quanto o destino manda,
Que ela obre sobre a terra.

Que coisas portentosas nele encontro!
Eu vejo a pobre fundação de Roma;
Vejo-a queimar Cartago;
Vejo que as gentes doma;
E vejo o seu estrago.
Lá floresce o poder do Assírio Povo;
Aqui os Medos crescem,
E os perde um braço novo.

Então me diz a Deusa: "E que pretendes?"
Todas estas medalhas ver agora?
"Ah! não, não sejas louco!
"Espaço de anos fora
"Para isso ainda pouco;
"Deixa estranhos sucessos, vem comigo;

53. Lenitivo: alívio; consolação.

"Verás quanto inda deve
"Acontecer contigo."

Levou-me aonde estava a minha história,
Que toda me explicou com modo, e arte.
"Tirei-te libras de ouro",
Me diz, "e quero dar-te
"Todo aquele tesouro.
"Não suspira por bens um peito nobre?
Severo lhe respondo,
"Vivo afeito a ser pobre."

Aqui me enruga a Deusa irada a testa,
E fica sem falar um breve espaço.
"Alegra, alegra o rosto",
Prossegue, "ali te faço
"Restituir o posto."
Respondo em ar de mofa,[54] e tom sereno:
"Conheço-te, Fortuna,
"Posso morrer pequeno."

"Aqui te dou, me diz, a tua amada."
Então me banho todo de alegria.
"Cuidei, me torna a cega,
"Que essa alma não queria
"Nem esta mesma entrega."
"É esse o bem, respondo, que me move,
"Mas este bem é santo,
"Vem só da mão de Jove."

Queria mais falar; eu insofrido
Desta maneira rompo os seus acentos:
"Basta, Fortuna, basta,
"Estes breves momentos
"Lá noutras coisas gasta;

54. Mofa: escárnio, zombaria.

"Da minha sorte nada mais contemplo."
E, chamando Marília,
Suspiro, e deixo o Templo.

LIRA IX

A estas horas
Eu procurava
Os meus Amores;
Tinham-me inveja
Os mais Pastores.

A porta abria,
Inda esfregando
Os olhos belos,
Sem flor, nem fita,
Nos seus cabelos.

Ah! que assim mesmo
Sem compostura,
É mais formosa,
Que a estrela-d'alva,
Que a fresca rosa.

Mal eu a via,
Um ar mais leve,
(Que doce efeito!)
Já respirava
Meu terno peito.

Do cerco apenas
Soltava o gado,
Eu lhe amimava[55]
Aquela ovelha
Que mais amava.

55. Amimava: dava mimo a.

Dava-lhe sempre
No rio, e fonte,
No prado, e selva,
Água mais clara,
Mais branda relva.

No colo a punha;
Então brincando
A mim a unia;
Mil coisas ternas
Aqui dizia.

Marília vendo,
Que eu só com ela
É que falava,
Ria-se a furto,[56]
E disfarçava.

Desta maneira
Nos castos peitos,
De dia em dia
A nossa chama
Mais se acendia.

Ah! quantas vezes,
No chão sentado,
Eu lhes lavrava
As finas rocas,
Em que fiava!

Da mesma sorte
Que à sua amada,
Que está no ninho,
Fronteiro canta
O passarinho;

56. A furto: de forma dissimulada.

Na quente sesta,
Dela defronte,
Eu me entretinha
Movendo o ferro
Da sanfoninha.

Ela por dar-me
De ouvir o gosto,
Mais se chegava;
Então vaidoso
Assim cantava:

"Não há Pastora,
"Que chegar possa
"À minha Bela,
"Nem quem me iguale
"Também na estrela;

"Se amor concede
"Que eu me recline
"No branco peito,
"Eu não invejo
"De Jove o feito;

"Ornam seu peito
"As sãs virtudes,
"Que nos namoram;
"No seu semblante
"As Graças moram."

Assim vivia…
Hoje em suspiros
O canto mudo;
Assim, Marília,
Se acaba tudo.

LIRA X

Arde o velho barril, arde a cabeça,
Em honra de João na larga rua;
O crédulo mortal agora indaga
Qual seja a sorte sua?

Eu não tenho alcachofra, que à luz chegue,
E nela orvalhe o Céu de madrugada,
Para ver se rebentam novas folhas
Aonde foi queimada.

Também não tenho um ovo, que despeje
Dentro dum copo d'água, e possa nela
Fingir palácios grandes, altas torres,
E uma nau à vela.

Mas, ah! em bem me lembre; eu tenho ouvido
Que a boca um bochecho d'água tome,
E atrás de qualquer porta atento esteja,
Até ouvir um nome.

Que o nome, que primeiro ouvir, é esse
O nome, que há de Ter a minha amada;
Pode verdade ser; se for mentira,
Também não custa nada.

Vou tudo executar, e de repente
Ouvi dizer o nome de Filena:
Despejo logo a boca: ah! não sei como
Não morro ali de pena!

Aparece Cupido: então soltando
Em ar de zombaria uma risada,
"E que tal, me pergunta, esteve a peça?
"Não foi bem pregada?

"Eu já te disse, que Marília é tua:
"Tu fazes do meu dito tanta conta,
"Que vais acreditar o que te ensina
"Velha mulher já tonta."

Humilde lhe respondo: "Quem debaixo
"Do açoite da Fortuna aflito geme,
"Nas mesmas coisas, que só são brinquedos
"Se agouram males, e teme."

LIRA XI

Se acaso não estou no fundo Averno,
Padece, ó minha Bela, sim padece
O peito amante, e terno,
As aflições tiranas, que aos Precitos[57]
Arbitra Radamanto[58] em justa pena
Dos bárbaros delitos.

As Fúrias infernais, rangendo os dentes,
Com a mão escarnada não me aplicam
As raivosas serpentes;
Mas cercam-me outros monstros mais irados:
Mordem-se sem cessar as bravas serpes
De mil, e mil cuidados.

Eu não gasto, Marília, a vida toda
Em lançar o penedo da montanha;
Ou em mover a roda;
Mas tenho ainda mais cruel tormento:
Por coisas que me afligem, roda, e gira
Cansado pensamento.

57. Precitos: os que são alvo de maldição; condenados.
58. Radamanto: na mitologia grega, um dos juízes dos mortos, filho de Zeus e Europa.

Com retorcidas unhas agarrado
Às tépidas[59] entranhas não me come
Um abutre esfaimado;
Mas sinto de outro monstro a crueldade:
Devora o coração, que mal palpita,
O abutre da saudade.

Não vejo os pomos, nem as águas vejo,
Que de mim se retiram quando busco
Fartar o meu desejo;
Mas quer, Marília, o meu destino ingrato
Que lograr-se não possa, estando vendo
Nesta alma o teu retrato.

Estou no Inferno, estou, Marília bela;
E numa coisa só é mais humana
A minha dura estrela:
Uns não podem mover do Inferno os passos;
Eu pretendo voar, e voar cedo
À glória dos teus braços.

LIRA XII

Ah! Marília, que tormento
Não tens de sentir saudosa!
Não podem ver os teus olhos
A campina deleitosa,
Nem a tua mesma aldeia,
Que tiranos não proponham
À inda inquieta ideia
Uma imagem de aflição.
Mandarás aos surdos Deuses
Novos suspiros em vão.

59. Tépidas: mornas, pouco quentes; desprovidas de vigor.

Quando levares, Marília,
Teu ledo[60] rebanho ao prado,
Tu dirás: "Aqui trazia
"Dirceu também o seu gado."
Verás os sítios ditosos
Onde, Marília, te dava
Doces beijos amorosos
Nos dedos da branca mão.
        Mandarás aos surdos Deuses
        Novos suspiros em vão.

Quando à janela saíres,
Sem quereres, descuidada,
Tu verás, Marília, a minha,[61]
A minha pobre morada.
Tu dirás então contigo:
"Ali Dirceu esperava
"Para me levar consigo;
E ali sofreu a prisão."
        Mandarás aos surdos Deuses
        Novos suspiros em vão.

Quando vires igualmente
Do caro Glauceste a choça,[62]
Onde alegre se juntavam
Os poucos da escolha nossa,
Pondo os olhos na varanda
Tu dirás de mágoa cheia:
"Todo o congresso ali anda,
"Só o meu amado não."
        Mandarás aos surdos Deuses
        Novos suspiros em vão.

---

60. Ledo: alegre, contente.
61. No texto original em que esta edição foi baseada, não há este verso. Ele é encontrado em outras edições, como a do volume *Poetas do amor* (Collecção Lusitania), de 1928, da editora portuguesa Livraria Chardon, e a da Impressão Régia, de 1810. Optou-se por sua inclusão em respeito à métrica das demais estrofes da lira.
62. Choça: cabana; casa humilde.

Quando passar pela rua
O meu companheiro honrado,
Sem que me vejas com ele
Caminhar emparelhado,
Tu dirás: "Não foi tirana
"Somente comigo a sorte;
"Também cortou desumana
"A mais fiel união."
Mandarás aos surdos Deuses
Novos suspiros em vão.

Numa masmorra metido,
Eu não vejo imagens destas,
Imagens, que são por certo
A quem adora funestas.
Mas se existem separadas
Dos inchados, roxos olhos,
Estão, que é mais, retratadas
No fundo do coração.
Também mando aos surdos Deuses
Tristes suspiros em vão.

LIRA XIII

Vês, Marília, um cordeiro
De flores enramado,
Como alegre corre
A ser sacrificado?
O Povo para Templo já concorre;[63]
A Pira sacrossanta já se acende;
O Ministro o fere, ele bala, e morre.

Vês agora o novilho,
A quem segura o laço,

63. Concorre: junta-se rumo ao mesmo local; aflui.

No chão as mãos especa,[64]
Nem quer mover um passo.
Não conhece que sai de um mau terreno;
Que o forte pulso, que a seguir o arrasta,
O conduz a viver num campo ameno.

Ignora o bruto como
Lhe dispomos a sorte;
Um vai forçado à vida,
Vai outro alegre à morte:
Nós temos, minha bela, igual demência;
Não sabemos os fins, com que nos move
A sábia, oculta Mão da Providência.

De Jacó ao bom filho
Os maus matar quiseram.
De conselho o muraram.
Como escravo o venderam.
José não corre a ser um servo aflito;
Vai subindo os degraus, por onde chega
A ser um quase Deus no grande Egito.

Quem sabe o Destino
Hoje, ó Bela, me prende.
Só porque nisto de outros
Mais danos me defende?
Pode ainda raiar um claro dia.
Mas quer raie, quer não, ao Céu adoro;
E beijo a santa mão, que assim me guia.

LIRA XIV

Alma digna de mil Avós Augustos!
Tu sentes, tu soluças,
Ao ver cair os justos;

64. Especa: escora, ampara.

Honras as santas leis da Humanidade:
E os teus exemplos deve
Gravar com letras de ouro no seu Templo
A cândida Amizade.

Não é, não é de Herói uma alma forte,
Que vê com rosto enxuto
No seu igual a morte.
Não é também de Herói um peito duro,
Que a sua glória firma
Em que lhe não resiste ao ferro, e fogo,
Nem legião, nem muro.

Oh! quanto ousado Chefe me namora,
Quando vê a cabeça
Do bom Pompeu, e chora!
É grande para mim, quem move os passos,
E de Dario aos filhos,
Que como escravos seus tratar pudera,
Recebe nos seus braços.

Se alcança Eneias, capitão piedoso,
Entre os Heróis do Mundo
Um nome glorioso,
Não é, porque levanta uma cidade;
É sim, porque nos ombros
Salvou do incêndio ao Pai, a quem destina
A mão de longa idade.

Ah! se ao meu contrário entre as chamas vira,
Eu mesmo, sim, da morte
Aos ombros o remira.[65]
Inda por ele muito mais obrara.
E se nada servisse,

65. Remira: libertara, livrara.

Fizera então, Amigo, o que fizeste;
Gemera, e suspirara.

Oh! quanto são duráveis as cadeias
De uma amizade, quando
Se dão iguais ideias!
Se apesar dos estorvos se sustinha
Nossa união sincera,
Foi por ser a minha alma igual à tua,
E a tua igual à minha.

Se o caro Amigo te merece tanto,
Lá lhe fica a sua alma,
Limpa-lhe o terno pranto.
De quem eu falo, és tu, Marília bela.
Ah! sim, honrado Amigo,
Se enxugar não puderes os seus olhos,
Pranteia então com ela.

LIRA XV

Eu, Marília, não fui nenhum Vaqueiro,
Fui honrado Pastor da tua aldeia;
Vestia finas lãs, e tinha sempre
A minha choça do preciso cheia.
Tiraram-me o casal, e o manso gado,
Nem tenho, a que me encoste, um só cajado.

Para ter que te dar, é que eu queria
De mor rebanho ainda ser o dono;
Prezava o teu semblante, os teus cabelos
Ainda muito mais que um grande Trono.
Agora que te oferte já não vejo
Além de um puro amor, de um são desejo.

Se o rio levantado me causava,
Levando a sementeira, prejuízo,

Eu alegre ficava apenas via
Na tua breve boca um ar de riso.
Tudo agora perdi; nem tenho o gosto
De ver-te ao menos compassivo o rosto.

Propunha-me dormir no teu regaço
As quentes horas da comprida sesta,
Escrever teus louvores nos olmeiros,[66]
Toucar-te de papoulas na floresta.
Julgou o justo Céu, que não convinha
Que a tanto grau subisse a glória minha.

Ah! minha Bela, se a Fortuna volta,
Se o bem, que já perdi, alcanço, e provo;
Por essas brancas mãos, por essas faces
Te juro renascer um homem novo;
Romper a nuvem, que os meus olhos cerra,
Amar no Céu a Jove, e a ti na terra.

Fiadas comprarei as ovelhinhas,
Que pagarei dos poucos do meu ganho;
E dentro em pouco tempo nos veremos
Senhores outra vez de um bom rebanho.
Para o contágio lhe não dar, sobeja
Que as afague Marília, ou só que as veja.

Se não tivermos lãs, e peles finas,
Podem mui bem cobrir as carnes nossas
As peles dos cordeiros mal curtidas,
E os panos feitos com as lãs mais grossas.
Mas ao menos será o teu vestido
Por mãos de amor, por minhas mãos cosido.

66. Olmeiros: árvores de grande porte do gênero *Ulmus*.

Nós iremos pescar na quente sesta
Com canas, e com cestos os peixinhos:
Nós iremos caçar nas manhãs frias
Com a vara envisgada[67] os passarinhos.
Para nos divertir faremos quanto
Reputa o varão sábio, honesto e santo.

Nas noites de serão nos sentaremos
C'os filhos, se os tivermos, à fogueira;
Entre as falsas histórias, que contares,
Lhes contarás a minha verdadeira.
Pasmados te ouvirão; eu entretanto
Ainda o rosto banharei de pranto.

Quando passarmos juntos pela rua,
Nos mostrarão c'o dedo os mais Pastores;
Dizendo uns para os outros: "Olha os nossos
"Exemplos da desgraça, e sãos amores".
Contentes viveremos desta sorte,
Até que chegue a um dos dois a morte.

LIRA XVI

Vejo, Marília,
Que o nédio gado
Anda disperso
No monte, e prado;
Que assim sucede
Ao desgraçado,
Que a perder chega
O seu Pastor.
Mas inda sofro
A viva dor.

67. Envisgada: coberta com visgo ou visco, substância bastante pegajosa obtida do azevinho, usada para capturar pequenas aves.

Também conheço,
Que os Pegureiros,[68]
Que apascentavam
Os meus cordeiros,
Dão suspiros,
E verdadeiros,
Porque perderam
Um pai no amor.
Mas inda sofro
A viva dor.

Eu mais alcanço,
Que a minha herdade,
Estando eu preso,
Sofrer não há de
Nem a charrua,[69]
E nem a grade;
Que a mão lhe falta
Do Lavrador.
Mas inda sofro
A viva dor.

Mas quando sobe
À minha ideia,
Que tu ficaste
Lá nessa aldeia,
De mil cuidados
E mágoa cheia,
Das paixões minhas
Não sou senhor.
Eu já não sofro
A viva dor.

---

68. Pegureiros: pastores; guardadores de gado.
69. Charrua: arado grande com um jogo de rodas na frente.

A quanto chega
A pena forte!
Pesa-me a vida,
Desejo a morte,
A Jove acuso,
Maldigo a sorte,
Trato a Cupido
Por um traidor.
Eu já não sofro
A viva dor.

Mas este excesso
Perdão merece,
E dele Jove
Compadece:
Que Jove, ó Bela,
Mui bem conhece,
Aonde chega
Paixão de amor.
Eu já não sofro
A viva dor.

LIRA XVII

Dirceu te deixa, ó Bela,
De padecer cansado;
Frio suor já banha
Seu rosto descorado;
O sangue já não gira pela veia,
Seus pulsos já não batem,
E a clara luz dos olhos se baceia:
A lágrima sentida já lhe corre;
Já para a convulsão, suspira, e morre.

Seu espírito chega
Onde se pune o erro:

Late o cão, e se lhe abrem[70]
Grossos portões de ferro.
Aos severos Juízes se apresenta,
E com sentidas vozes
Toda a sua tragédia representa;
Enche-se de ternura, e novo espanto
O mesmo inexorável Radamanto.

Abre um pasmado a boca,
E a pedra não despede;
Outro já não se lembra
Da fome, e mais da sede;
Descansa o curvo bico, e a garra ímpia
Negro abutre esfaimado;
Nem na roca medonha a Parca fia.
Até as mesmas Fúrias inclementes
Deixam cair das unhas as serpentes.

Já votam os Juízes;
E o Rei Plutão lhe ordena
Deixe o sítio, em que moram
Almas dignas de pena.
Já sai do escuro Reino, e da memória
Lhe passa tudo quanto
Ou pode dar-lhe mágoa, ou dar-lhe glória
Só, bem que o gosto as turvas águas tome,
Inda, Marília, inda diz teu nome.

Entra já nos Elísios,
Campinas venturosas,
Que mansos rios cortam,
Que cobrem sempre as rosas.

70. No texto original em que esta edição foi baseada, não há este verso. Porém, ele é encontrado em outras edições, como a da Impressão Régia, de 1810. Optou-se pela inclusão dele para que a estrofe respeite a métrica da lira.

Escuta o canto das sonoras aves,
E bebe as águas puras,
Que o mel, e do que o leite mais suaves,
"Aqui, diz ele, espero a minha Bela;
"Aqui contente viverei com ela."

"Aqui..." Porém aonde
Me leva a dor ativa?
É ilusão desta alma;
Jove inda quer que eu viva.
Eu devo sim gozar teus doces laços;
E em paga de meus males,
Devo morrer, Marília, nos teus braços.
Então eu passarei ao Reino amigo,
E tu irás depois lá ter comigo.

LIRA XVIII

Não molho, Marília,
De pranto a masmorra
Que o terno Cupido
Não voe, não corra,
A i-lo apanhar.
Estende-o nas asas,
Sobre ele suspira,
Por fim se retira,
E vai-to levar.

Se o moço não mente,
Os tristes gemidos,
Os ais lastimosos
Os guarda unidos,
Marília, c'os teus;
As lágrimas nossas
No seio amontoa,
Forma asas, e voa,
Vai pô-las nos Céus.

A Deusa formosa,
Que amava aos Troianos,
Livrá-los querendo
De riscos, e danos,
A Jove buscou.
As águas, que o rosto
Da Deusa banharam,
A Jove abrandaram,
Assim os salvou.

Confia-te, ó Bela,
Confia-te em Jove,
Ainda se abranda,
Ainda se move
Com ânsias de amor.
O pranto de Vênus,
Que obrou no pai tanto,
Não tem que o teu pranto
Apreço maior.

LIRA XIX

Nesta triste masmorra,
De um semivivo corpo sepultura,
Inda, Marília, adoro
A tua formosura.
Amor na minha ideia te retrata;
Busca extremoso, que eu assim resista
À dor imensa, que me cerca, e mata.

Quando em meu mal pondero,
Então mais vivamente te diviso:
Vejo o teu rosto, e escuto
A tua voz, e riso.
Movo ligeiro para o vulto os passos;
Eu beijo a tíbia luz em vez de face;
E aperto sobre o peito em vão os braços.

Conheço a ilusão minha;
A violência da mágoa não suporto;
Foge-me a vista, e caio,
Não sei se vivo, ou morto.
Enternece-se Amor de estrago tanto;
Reclina-me no peito, e com mão terna
Me limpa os olhos do salgado pranto.

Depois que represento
Por largo espaço a imagem de um defunto,
Movo os membros, suspiro,
E onde estou pergunto.
Conheço então que amor me tem consigo;
Ergo a cabeça, que inda mal sustento,
E com doente voz assim lhe digo:

"Se queres ser piedoso,
"Procura o sítio em que Marília mora,
"Pinta-lhe o meu estrago,
"E vê, Amor, se chora.
"Se lágrimas verter, se a dor a arrasta,
"Uma delas me traze sobre as penas,
"E para alívio meu só isto basta."

LIRA XX

Se me viras com teus olhos
Nesta masmorra metido,
De mil ideias funestas,
E cuidados combatido,
Qual seria, ó minha Bela,
Qual seria o teu pesar?

À força da dor cedera,
E nem estaria vivo,
Se o menino Deus vendado,
Extremoso, e compassivo,

Com o nome de Marília
Não me viesse animar.

Deixo a cama ao romper d'alva;
O meio-dia tem dado,
E o cabelo ainda flutua
Pelas costas desgrenhado.
Não tenho valor, não tenho,
Nem para de mim cuidar.

Diz-me Cupido: "E Marília
"Não estima este cabelo?
"Se o deixas perder de todo,
"Não se há de enfadar ao vê-lo?"
Suspiro, pego no pente,
Vou logo o cabelo atar.

Vem um tabuleiro entrando
De vários manjares cheio;
Põe-se na mesa a toalha,
E eu pensativo passeio:
De todo o comer esfria,
Sem nele poder tocar.

"Eu entendo que a matar-te,
"Diz amor, te tens proposto;
"Fazes bem: terá Marília
"Desgosto sobre desgosto."
Qual enfermo c'o remédio,
Me aflijo, mas vou jantar.

Chegam as horas, Marília,
Em que o Sol já se tem posto;
Vem-me à memória que nelas
Vi à janela teu rosto:
Reclino na mão a face,
E entro de novo a chorar.

Diz-me Cupido: "Já basta,
"Já basta, Dirceu, de pranto;
"Em obséquio de Marília
"Vai tecer teu doce canto."
Pendem as fontes dos olhos,
Mas em sempre vou cantar.

Vem o Forçado acender-me
A velha, suja candeia;[71]
Fica, Marília, a masmorra
Inda mais triste, e mais feia.
Nem mais canto, nem mais posso
Uma só palavra dar.

Diz-me Cupido: "São horas
"De escrever-se o que está feito."
Do azeite, e da fumaça
Uma nova tinta ajeito;
Tomo o pau, que pena finge,
Vou as Liras copiar.

Sem que chegue o leve sono,
Canta o Galo a vez terceira;
Eu digo a Amor, que fico
Sem deitar-me a noite inteira;
Faço mimos, e promessas
Para ele me acompanhar.

Ele diz, que em dormir cuide,
Que hei de ver Marília em sonho,
Não respondo uma palavra,
A dura cama componho,
Apago a triste candeia,
E vou-me logo deitar.

---

71. Candeia: vela acesa em nome dos moribundos.

Como pode a tais cuidados
Resistir, ó minha Bela,
Quem não tem de Amor a graça;
Se eu, que vivo à sombra dela,
Inda vivo desta sorte,
Sempre triste a suspirar?

LIRA XXI

Que diversas que são, Marília, as horas,
Que passo na masmorra imunda, e feia,
Dessas horas felizes, já passadas
Na tua pátria aldeia!

Então eu me ajuntava com Glauceste;
E à sombra de alto Cedro na campina
Eu versos te compunha, e ele os compunha
À sua cara Eulina.

Cada qual o seu canto aos Astros leva;
De exceder um ao outro qualquer trata;
O eco agora diz: "Marília terna";
E logo: "Eulina ingrata".

Deixam os mesmos Sátiros as grutas.
Um para nós ligeiro move os passos;
Ouve-nos de mais perto, e faz a flauta
C'os pés em mil pedaços.

"Dirceu, clama um Pastor, ah! bem merece
"Da cândida Marília a formosura.
"E aonde, clama o outro, quer Eulina
"Achar maior ventura?"

Nenhum Pastor cuidava do rebanho,
Enquanto em nós durava esta porfia.[72]

72. Porfia: obstinação.

E ela, ó minha Amada, só findava
Depois de acabar-se o dia.

À noite te escrevia na cabana
Os versos, que de tarde havia feito;
Mal tos dava, e os lia, os guardavas
No casto e branco peito.

Beijando os dedos dessa mão formosa,
Banhados com as lágrimas do gosto,
Jurava não cantar mais outras graças,
Que as graças do teu rosto.

Ainda não quebrei o juramento,
Eu agora, Marília, não as canto;
Mas inda vale mais que os doces versos
A voz do triste pranto.

LIRA XXII

Por morto, Marília,
Aqui me reputo:
Mil vezes escuto
O som do arrastado,
E duro grilhão.
Mas, ah! que não treme,
Não treme de susto
O meu coração.

A chave lá soa
Na porta segura;
Abre-se a escura,
Infame masmorra
Da minha prisão.
Mas, ah! que não treme,
Não treme de susto
O meu coração.

Já Torres[73] se assenta;
Carrega-me o rosto;
Do crime suposto
Com mil artifícios
Indaga a razão.
Mas, ah! que não treme,
Não treme de susto
O meu coração.

Eu vejo, Marília,
A mil inocentes,
Nas cruzes pendentes
Por falsos delitos,
Que os homens lhes dão.
Mas, ah! que não treme,
Não treme de susto
O meu coração.

Se penso que posso
Perder o gozar-te,
E a glória de dar-te
Abraços honestos,
E beijos na mão.
Marília, já treme,
Já treme de susto
O meu coração.

Repara, Marília,
O quanto é mais forte
Ainda que a morte,
Num peito esforçado,
De amor a paixão.
Marília, já treme,

---

73. Torres: desembargador José Pedro Machado Coelho Torres, responsável por conduzir os interrogatórios na prisão sediada na Ilha das Cobras (RJ), onde Tomás Antônio Gonzaga cumpriu uma pena de três anos.

Já treme de susto
O meu coração.

LIRA XXIII

Não praguejes, Marília, não praguejes
A justiceira mão, que lança os ferros;
Não traz debalde a vingadora espada;
Deve punir os erros.

Virtudes de Juiz, virtudes de homem
As mãos se deram, e em seu peito moram.
Manda prender ao Réu austera a boca,
Porém seus olhos choram.

Se à inocência denigre a vil calúnia,
Que culpa aquele tem, que aplica a pena?
Não é o Julgador, é o processo,
E a lei, quem nos condena.

Só no Averno os Juízes não recebem
Acusação, nem prova de outro humano;
Aqui todos confessam suas culpas,
Não pode haver engano.

Eu vejo as Fúrias afligindo aos tristes:
Uma o fogo chega, outra as serpes move;
Todos maldizem sim a sua estrela,
Nenhum acusa a Jove.

Eu também inda adoro ao grande Chefe,
Bem que a prisão me dá, que eu não mereço.
Qual eu sou, minha Bela, não me trata,
Trata-me qual pareço.

Quem suspira, Marília, quando pune
Ao vassalo, que julga delinquente,

Que gosto não terá, podendo dar-lhe
Às honras de inocente?

Tu vences, Barbacena, aos mesmos Titos
Nas sãs virtudes, que no peito abrigas:
Não honras tão somente a quem premeias,
Honras a quem castigas.

LIRA XXIV

Eu vou, Marília, vou brigar co'as feras!
Uma soltaram, eu lhe sinto os passos;
Aqui, aqui a espero
Nestes despidos braços.
É um malhado tigre: a mim já corre,
Ao peito o aperto, estalam-lhe as costelas,
Desfalece, cai, urra, treme, e morre.

Vem agora um Leão: sacode a grenha,[74]
Com faminta paixão a mim se lança;
Venha embora; que o pulso
Ainda não se cansa.
Oprimo-lhe a garganta, a língua estira,
O corpo lhe fraqueia, os olhos incham,
Açoita o chão convulso, arqueja, e expira.

Mas que vejo, Marília! Tu te assustas?
Entendes que os destinos inumanos
Expõem a minha vida
No circo dos Romanos?
Com ursos, e com onças eu não luto:
Luto c'o bravo monstro, que me acusa,
Que os tigres, e leões mais fero e bruto.

Embora contra mim raivoso esgrima
Da vil calúnia a cortadora espada;

74. Grenha: juba.

Uma alma, qual eu tenho,
Não se receia a nada.
Eu hei de, sim, punir-lhe a insolência,
Pisar-lhe o negro colo, abrir-lhe o peito
Co'as armas invencíveis da inocência.

Ah! quando imaginar, que vingativo
Mando que desça ao Tártaro profundo,
Hei de com mão honrada
Erguer-lhe o corpo imundo.
Eu então lhe direi: "Infame, indigno,
"Obras como costuma o vil humano;
"Faço, o que faz um coração divino."

LIRA XXV

Minha Marília,
O passarinho,
A quem roubaram
Ovos, e ninho,
Mil vezes pousa
No seu raminho;
Piando finge
Que anda a chorar.
Mas logo voa
Pela espessura,
Nem mais procura
Este lugar.

Se acaso a vaca
Perde a vitela,
Também nos mostra
Que se desvela;
O pasto deixa,
Muge por ela,
Até na estrada
A vem buscar.

Em poucos dias,
Ao que parece,
Dela se esquece,
E vai pastar.

O voraz Tempo,
Que o ferro come,
Que aos mesmos Reinos
Devora o nome;
Também Marília,
Também consome
Dentro do peito
Qualquer pesar.
Ah! só não pode
Ao meu tormento
Por um momento
Alívio dar.

Também, ó Bela,
Não há quem viva
Instantes breves
Na chama ativa;
Derrete ao bronze;
Sendo excessiva,
Ao mesmo seixo
Faz estalar.
Mas do amianto
A febre dura
Na chama atura
Sem se queimar.

Também, Marília,
Não há quem negue,
Que bem que o fogo
Nos óleos pegue,
Que bem que em línguas,
Às nuvens chegue,
À força d'água

Se há de apagar.
                Se a negra pedra
Nós acendemos,
Com água a vemos
Mais s'inflamar.

O meu discurso,
Marília, é reto:
A pena iguala
Ao meu afeto.
O amor, que nutro,
Ao teu aspecto,
E ao teu semblante,
É singular.
                Ah! nem o tempo,
Nem inda a morte
A dor tão forte
Pode acabar.

LIRA XXVI

Aquele, a quem fez cego a natureza,
C'o bordão palpa, e aos que vêm pergunta;
Ainda se despenha muitas vezes,
                E dois remédios junta!

De ser cega a Fortuna eu não me queixo;
Sim me queixo de que má cega seja:
Cega, que nem pergunta, nem apalpa,
                É porque errar deseja.

A quem não tem virtudes, nem talentos,
Ela, Marília, faz de um Cetro dono:
Cria num pobre berço uma alma digna
                De se sentar num Trono.

A quem gastar não sabe, nem se anima,
Entrega as grossas chaves de um tesouro;

E lança na miséria a quem conhece
Para que serve o ouro.

A quem fere, a quem rouba, a infame deixa
Que atrás do vício em liberdade corra;
Eu amo as leis do Império, ela me oprime
Nesta vil masmorra.

Mas ah! minha Marília, que esta queixa
Co'a sólida razão se não coaduna;
Como me queixo da Fortuna tanto,
Se sei não há Fortuna?

Os Fados, os Destinos, essa Deusa,
Que os Sábios fingem, que uma roda move,
É só a couta[75] mão da Providência,
A sábia mão de Jove.

Não é que somos cegos, que não vemos
A que fins nos conduz por estes modos;
Por torcidas estradas, ruins veredas
Caminha ao bem de todos.

Alegre-se o perverso com as ditas;
C'o seu merecimento o virtuoso;
Parecer desgraçado, ó minha Bela,
É muito mais honroso.

LIRA XXVII

A minha amada
É mais formosa,
Que branco lírio,
Dobrada rosa,
Que o cinamomo,
Quando matiza

75. Couta: que protege.

Co'a folha a flor.
Vênus não chega
Ao meu Amor.

Vasta campina
De trigo cheia,
Quando na sesta
C'o vento ondeia,
Ao seu cabelo,
Quando flutua,
Não é igual.
Tem a cor negra,
Mas quanto val'!

Os astros, que andam
Na esfera pura,
Quando cintilam
Na noite escura,
Não são, humanos,
Tão lindos como
Seus olhos são;
Que ao Sol excedem
Na luz, que dão.

Às brancas faces,
Ah! não se atreve
Jasmim de Itália,
Nem inda a neve,
Quando a desata
O Sol brilhante
Com seu calor.
São neve, e causam
No peito ardor.

Na breve boca
Vejo enlaçadas
As finas per'las
Com as granadas;

A par dos beiços
Rubins da Índia
Têm preço vil.
Neles se agarram
Amores mil.

Se não lhe desse,
Compadecido,
Tanto socorro
O Deus Cupido;
Se não vivera
Uma esperança
No peito seu;
Já morto estava
O bom Dirceu.

Vê quanto pode
Teu belo rosto;
E de gozá-lo
O vivo gosto!
Que, submergido
Em um tormento
Quase infernal,
Porqu'inda espero,
Resisto ao mal.

LIRA XXVIII

Detém-te, vil humano;
Não espremas a cicuta
Para fazer-me dano.
O sumo, que ela dá, é pouco forte;
Procura outras bebidas,
Que apressem mais a morte.

Desce ao Reino profundo,
Ajunta aí venenos,
Que nunca visse o mundo:

Traze o negro licor, que têm nos dentes,
Nos dentes denegridos
As raivosas serpentes.

Cachopo[76] levantado,
Que pôs a natureza
Dentro no mar salgado,
Não se abala no meio da tormenta;
Bem que uma onda, e outra onda
Sobre ele em flor rebenta.

Árvore, que na terra
As robustas raízes,
Buscando o centro, a ferra,
Não teme ao furacão mais violento,
E menos, se se deixa
Vergar do rijo vento.

Sou tronco, e rocha, ó Bela,
Que açoita o Sul, que brama,
E o mar, que se encapela:
Não temas que do rosto a cor se mude;
Vence as rochas, e os troncos
A sólida Virtude.

A maior desventura
É sempre a que nos lança
No horror da sepultura:
O covarde a morrer também caminha;
Com que males não pode
Uma alma como a minha?

LIRA XXIX

Eu descubro procurar-me
Gentil mancebo, e louro;

76. Cachopo: rapaz.

Trazia a testa adornada
Com folhas de verde louro.
Vejo ser o Pai das Musas,
E me entrega a lira d'ouro.

"Já basta, me diz, ó filho,
"Já basta de sentimento;
"O cansado peito exige
"Um breve contentamento:
"Louva a formosa Marília
"Ao som do meu instrumento."

Firo as cordas; mas que importa?
A dor não sossega entanto:
Ergo a voz; então reparo
Que, quanto mais corre o pranto,
É mais doce, e mais sonoro
Meu terno, e saudoso canto.

Apolo fitou os olhos
Na mão que regia o braço;
E depois de estar suspenso,
De me ouvir um largo espaço,
Assim diz: "O Deus Cupido,
"Faz inda mais, do que eu faço.

"Eu te dou a minha lira:
"Louva, louva a tua Bela;
"Porém vê que ta concedo
"Com condição, e cautela..."
Eu lhe corto a voz dizendo,
Que só canto em honra dela.

LIRA XXX

O Pai das Musas,
O Pastor louro

Deu-me, Marília,
Para cantar-te
A lira de ouro.

As cordas firo;
O brando vento
Teus dotes leva
Nas brancas asas
Ao firmamento.

"O teu cabelo
"Vale um tesouro;
"Um só me adorna
"A sábia fronte
"Melhor que o louro.

"Nesses teus olhos
"Amor assiste;
"Deles faz guerra;
"Ninguém lhe foge,
"Ninguém resiste.

"Algumas vezes
"Eu o diviso
"Também oculto
"Nas lindas covas
"Que faz teu riso.

"Nesses teus peitos
"Têm os seus ninhos
"Destros Amores;
"Neles se geram
"Os Cupidinhos.

"Vences a Vênus,
"Quando com arte
"As armas toma,

"Porque mais prenda
"Ao fero Marte."

Eu produzia
Estas ideias,
Quando, Marília,
O som escuto
De vis cadeias.

Dou um suspiro,
Corre o meu pranto;
E, inda bebendo
Lágrimas tristes,
De novo canto:

"Sou da constância
"Um vivo exemplo:
"E vós, ó ferros,
"Honrareis inda
"De Amor o Templo".

LIRA XXXI

Roubou-me, ó minha Amada, a sorte ímpia
Quanto de meu gozava
Num só funesto dia;

Honras de maioral, manada grossa,
Fértil, extensa herdade,
Bem reparada choça.

Meteu-se nesta infame sepultura,
Que é sepulcro sem honras,
Breve masmorra, escura.

Aqui, ó minha amada, nem consigo
Venha outro desgraçado
Sentir também comigo:

Mas se esta companhia não mereço,
Os Deuses me dão outra,
Ainda de mais apreço.

Não é, não, ilusão o que te digo;
Tu mesma me acompanhas;
Peno, mas é contigo.

Não vejo as tuas faces graciosas,
Os teus soltos cabelos,
As tuas mãos mimosas.

Se eu as visse, infeliz me não dissera,
Bem que subira ao Potro
Bem que na Cruz pendera.

Não ouço as tuas vozes magoadas,
Com ardentes suspiros
Às vezes mal formadas.

Mas vejo, ó cara, as tuas letras belas,
Uma por uma beijo,
E choro então sobre elas.

Tu me dizes que siga o meu destino;
Que o teu amor na ausência
Será leal, e fino.

De novo a carta ao coração aperto,
De novo a molha o pranto,
Que de ternura verto.

Ah! leve muito embora o duro Fado
A tudo, quanto tenho
Com meu suor ganhado.

Eu juro que do roubo nem me queixe,
    Contanto, ó minha cara,
    Que este só bem me deixe.

Que males voluntários não sentiram,
    Os que te amam, somente
    Porque menos te ouviram?

Dê pois aos mais seus bens a Deusa cega;
    Que eu tenho aquela glória,
    Que a mil felizes nega.

LIRA XXXII

Se o vasto mar se encapela,
E na rocha em flor rebenta,
Grossa nau, que não tem leme,
Em vão sustentar-se intenta;
Até que naufraga, e corre
À discrição da tormenta.

Quem não tem uma beleza,
Em que ponha o seu cuidado;
Se o Céu se cobre de nuvens,
E se assopra o vento irado,
Não tem forças que resistam
Ao impulso do seu fado.

Nesta sombria masmorra,
Aonde, Marília, vivo,
Encosto na mão o rosto,
Fico às vezes pensativo.
Ah! que imagens tão funestas
Me finge o pesar ativo.

Parece que vejo a honra,
Marília, toda enlutada;

A face de um pai rugosa,
Num mar de pranto banhada;
Os amigos macilentos,
E a família consternada.

Quero voltar aos meus olhos
Para outro diverso lado;
Vejo numa grande praça
Um teatro levantado;
Vejo as cruzes, vejo os potros,
Vejo o alfanje[77] afiado.

Um frio suor me cobre,
Laxam-se[78] os membros, suspiro;
Busco alívio às minhas ânsias,
Não o descubro, deliro.
Já, meu Bem, já me parece
Que nas mãos da morte expiro.

Vem-me então ao pensamento
A tua testa nevada,
Os teus meigos, vivos olhos,
A tua face rosada,
Os teus dentes cristalinos,
A tua boca engraçada.

Qual, Marília, a estrela-d'alva,
Que a negra noite afugenta;
Qual o Sol, que a névoa espalha
Apenas a terra aquenta;
Ou qual Íris, que o Céu limpa,
Quando se vê na tormenta:

Assim, Marília, desterro
Triste ilusão, e demência;

77. Alfanje: sabre curvo e largo.
78. Laxam-se: aliviam-se; relaxam-se.

Faz de novo o seu ofício
A razão, e a prudência;
E firmo esperanças doces
Sobre a cândida inocência.

Restauro as forças perdidas,
Sobe a viva cor ao rosto,
Gira o sangue pela veia,
E bate o pulso composto:
Vê, Marília, o quanto pode
Contra meus males teu rosto.

LIRA XXXIII

Morri, ó minha Bela:
Não foi a Parca ímpia,
Que na tremenda roca,
Sem ter descanso, fia;
Não foi, digo, não foi a Morte feia
Quem o ferro moveu, e abriu no peito
A palpitante veia.

Eu, Marília, respiro;
Mas o mal, que suporto,
É tão tirano, e forte,
Que já me dou por morto:
A insolente calúnia depravada
Ergueu-se contra mim, vibrou da língua
A venenosa espada.

Inda, ó Bela, não vejo
Cadafalso enlutado,
Nem de torpe verdugo[79]
Braço de ferro armado;

79. No texto original em que esta edição foi baseada, não há este verso. Ele é encontrado em outras edições, como a do volume *Poetas do amor* (Collecção Lusitania), de 1928, da editora portuguesa Livraria Chardon. Optou-se por sua inclusão em respeito à métrica das demais estrofes da lira.

Mas vivo neste mundo, ó sorte ímpia,
E dele só me mostra a estreita fresta
O quando é noite, ou dia.

Olhos baços, e sumidos,
Macilento, e descarnado,
Barba crescida, e hirsuta,
Cabelo desgrenhado;
Ah! que imagem tão digna de piedade!
Mas é, minha Marília, como vive
Um réu de Majestade.

Venha o processo, venha;
Na inocência me fundo:
Mas não morreram outros,
Que davam honra ao mundo!
O tormento, minha alma, não recuses:
A quem sábio cumpriu as leis sagradas
Servem de sólio[80] as cruzes.

Tu, Marília, se ouvires,
Que ante o teu rosto aflito
O meu nome se ultraja
C'o suposto delito,
Dize severa assim em meu abono:
"Não toma as armas contra um Cetro justo
"Alma digna de um trono."

LIRA XXXIV

Vou-me, ó Bela, deitar na dura cama,
De que nem sequer sou o pobre dono:
Estende sobre mim Morfeu as asas,
E vem ligeiro o sono.

80. Sólio: poder real ou eclesiástico (no caso, do papa).

Os sonhos, que rodeiam a tarimba,[81]
Mil coisas vão pintar na minha ideia;
Não pintam cadafalsos, não, não pintam
Nenhuma imagem feia.

Pintam que estou bordando um teu vestido;
Que um menino com asas, cego, e louro,
Me enfia nas agulhas o delgado,
O brando fio de ouro.

Pintam que entrando vou na grande Igreja;
Pintam que as mãos nos damos, e aqui vejo
Subir-te à branca face a cor mimosa,
A viva cor do pejo.[82]

Pintam que nos conduz dourada sege[83]
À nossa habitação; que mil Amores
Desfolham sobre o leito as moles folhas
Das mais cheirosas flores.

Pintam que desta terra nos partimos;
Que os amigos saudosos, e suspensos
Apertam nos inchados, roxos olhos
Os já molhados lenços.

Pintam que os mares sulco da Bahia;
Onde passei a flor da minha idade;
Que descubro as palmeiras, e em dois bairros
Partida a grã Cidade.

Pintam leve escaler,[84] e que na prancha
O braço já te of'reço reverente;

81. Tarimba: cama desconfortável, rústica.
82. Pejo: vergonha, acanhamento.
83. Sege: carruagem com um único assento.
84. Escaler: embarcação pequena.

Que te aponta c'o dedo, mal te avista,
Amontoada gente.

Aqui, *alerta*, grita o mau soldado;
E o outro, *alerta estou*, lhe diz gritando:
Acordo com a bulha, então conheço,
Que estava aqui sonhando.

Se o meu crime não fosse só de amores,
A ver-me delinquente, réu de morte,
Não sonhara, Marília, só contigo,
Sonhara de outra sorte.

LIRA XXXV

Se lá te chegarem
Aos ternos ouvidos
Uns tristes gemidos,
Repara, Marília,
Verás, que são meus.
Ah! dá-lhes abrigo,
Marília, nos peitos;
Aqui os conserva
Em laços estreitos,
Unidos aos teus.

O vento ligeiro,
De ouvi-los movido,
Os pede a Cupido,
Que a todos apanha,
E lá tos vai pôr.
Ah! não os desprezes,
Porque se conspira
O Céu em meu dano,
E a glória me tira
De honrado Pastor.

Têm estes suspiros
Motivo dobrado;
Perdi o meu gado;
Perdi, que mais vale,
O bem de te ver.
Se os não receberes,
Amante por ora,
Por serem de um triste,
Os deves, Pastora,
Por honra acolher.

Virá, minha Bela,
Virá uma idade,
Que, vista a verdade,
Gostosa me entregues
O teu coração.
Os crimes desonram,
Se são existentes;
Os ferros, que oprimem
As mãos inocentes,
Infames não são.

Chegando este dia,
Os braços daremos:
Então mandaremos
De gosto, e ternura
Suspiros aos Céus.
Pôr-me-ão no sepulcro
A honrosa inscrição:
"Se teve delito,
"Só foi a paixão,
"Que a todos faz réus."

LIRA XXXVI

Não hás de ter horror, minha Marília,
De tocar pulso, que sofreu os ferros?

Infames impostores mos lançaram,
E não puníveis erros.

Esta mão, esta mão, que ré parece,
Ah! não foi uma vez, não foi só uma,
Que em defesa dos bens, que são do Estado,
Moveu a sábia pluma,

É certo, minha amada, sim, é certo
Qu'eu aspirava a ser de um Cetro o dono;
Mas este grande império, que eu firmava,
Tinha em teu peito o trono.

As forças, que se opunham, não batiam
Da grossa peça, e do mosquete[85] os tiros;
Só eram minhas armas os soluços,
Os rogos, e os suspiros.

De cuidados, desvelos, e finezas
Formava, ó minha Bela, os meus guerreiros;
Não tinha no meu campo estranhas tropas;
Que amor não quer parceiros.

Mas pode ainda vir um claro dia,
Em que estas vis algemas, estes laços
Se mudem em prisões de alívios cheias
Nos teus mimosos braços.

Vaidoso então direi: "Eu sou Monarca;
"Dou leis, que é mais, num coração divino!
"Sólio que ergueu o gosto, e não a força,
"É que é de apreço digno."

85. Mosquete: espingarda usada sob um apoio por ser bastante pesada.

LIRA XXXVII

Meu sonoro Passarinho,
Se sabes do meu tormento,
E buscas dar-me, cantando,
Um doce contentamento,

Ah! não cantes, mais não cantes,
Se me queres ser propício;
Eu te dou em que me faças
Muito maior benefício.

Ergue o corpo, os ares rompe,
Procura o Porto da Estrela,
Sobe à serra, e se cansares,
Descansa num tronco dela,

Toma de Minas a estrada,
Na Igreja nova, que fica
Ao direito lado, e segue
Sempre firme a Vila Rica.

Entra nesta grande terra,
Passa uma formosa ponte,
Passa a segunda, a terceira
Tem um palácio defronte.

Ele tem ao pé da porta
Uma rasgada janela,
É da sala, aonde assiste
A minha Marília bela.

Para bem a conheceres,
Eu te dou os sinais todos
Do seu gesto, do seu talhe,
Das suas feições, e modos.

O seu semblante é redondo,
Sobrancelhas arqueadas,
Negros e finos cabelos,
Carnes de neve formadas.

A boca risonha, e breve,
Suas faces cor-de-rosa,
Numa palavra, a que vires
Entre todas mais formosa.

Chega então ao seu ouvido,
Dize, que sou quem te mando,
Que vivo nesta masmorra,
Mas sem alívio penando.

LIRA XXXVIII

Eu vejo aquela Deusa,
Astreia[86] pelos sábios nomeada;
Traz nos olhos a venda[87]
Balança numa mão, na outra espada.
O vê-la não me causa um leve abalo,
Mas, antes, atrevido,
Eu a vou procurar, e assim lhe falo:

Qual é o povo, dize,
Que comigo concorre no atentado?
Americano Povo?
O Povo mais fiel e mais honrado:
Tira as Praças das mãos do injusto dono,
Ele mesmo as submete
De novo à sujeição do Luso Trono!

86. Astreia: na mitologia grega, é a representação da justiça divina.
87. No texto original em que esta edição foi baseada, não há este verso. Porém, ele é encontrado em outras edições, como a da DCL, de 2013. Optou-se pela inclusão dele na estrofe em respeito à métrica da lira.

Eu vejo nas histórias
Rendido Pernambuco aos Holandeses;
Eu vejo saqueada
Esta ilustre Cidade dos Franceses;
Lá se derrama o sangue brasileiro;
Aqui não basta, supre
Das roubadas famílias o dinheiro.

Enquanto assim falava,
Mostrava a Deusa não me ouvir com gosto;
Punha-me a vista tesa,
Enrugava o severo e aceso rosto.
Não suspendo contudo no que digo;
Sem o menor receio,
Faço que a não entendo, e assim prossigo:

Acabou-se, tirana,
A honra, o zelo deste Luso Povo?
Não é aquele mesmo,
Que estas ações obrou? É outro novo?
E pode haver direito, que te mova
A supor-nos culpados,
Quando em nosso favor conspira a prova?

Há em Minas um homem,
Ou por seu nascimento, ou seu tesouro,
Que aos outros mover possa
À força de respeito, à força d'ouro?
Os bens de quantos julgas rebelados
Podem manter na guerra,
Por um ano sequer, a cem soldados?

Ama a gente assisada[88]
A honra, a vida, o cabedal tão pouco,
Que ponha uma ação destas

88. Assisada: prudente.

Nas mãos dum pobre, sem respeito e louco?
E quando a comissão lhe confiasse,
Não tinha pobre soma,
Que por paga, ou esmola, lhe mandasse!

Nos limites de Minas,
A quem se convidasse não havia?
Ir-se-iam buscar sócios
Na Colônia também, ou na Bahia?
Está voltada a Corte Brasileira
Na terra dos Suíços,
Onde as Potências vão erguer bandeira?

O mesmo autor do insulto
Mais a riso, do que a temor me move;
Dou-lhe nesta loucura,
Podia-se fazer Netuno ou Jove.
A prudência é tratá-lo por demente;
Ou prendê-lo, ou entregá-lo
Para dele zombar a moça gente.

Aqui, aqui a Deusa
Um extenso suspiro aos ares solta;
Repete outro suspiro,
E sem palavra dar, as costas volta.
Tu te irritas! Lhe digo e quem te ofende?
Ainda nada ouviste
Do que respeita a mim; sossega, atende.

E tinha que ofertar-me
Um pequeno, abatido e novo Estado,
Com as armas de fora,
Com as suas próprias armas consternado?
Achas também que sou tão pouco esperto,
Que um bem tão contingente
Me obrigasse a perder um bem já certo?

Não sou aquele mesmo,
Que a extinção do débito pedia?
Já viste levantado
Quem à sombra da paz alegre ria?
Um direito arriscado eu busco, e feio,
E quero que se evite
Toda a razão do insulto, e todo o meio?

Não sabes quanto apresso
Os vagarosos dias da partida?
Que a fortuna risonha,
A mais formosos campos me convida?
Não me unira, se os houvesse aos vis traidores;[89]
Daqui nem ouro quero;
Quero levar somente os meus amores.

Eu, ó cega, não tenho
Um grosso cabedal, do mais herdado:
Não o recebi no emprego,
Não tenho as instruções dum bom soldado,
Far-me-iam os rebeldes o primeiro
No império que se erguia
À custa do seu sangue, e seu dinheiro?

Aqui, aqui de todo
A Deusa se perturba, e mais se altera;
Morde o seu próprio beiço;
O sítio deixa, nada mais espera.
Ah! vai-te, então lhe digo, vai-te embora;
Melhor, minha Marília,
Eu gastasse contigo mais esta hora.

89. No texto original em que esta edição foi baseada, não há este verso. Porém, ele é encontrado em outras edições, como a da DCL, de 2013. Optou-se pela inclusão dele na estrofe em respeito à métrica da lira.

PARTE III

LIRA I

Convidou-me a ver seu Templo
O cego Cupido um dia;
Encheu-se de gosto o peito,
Fiz deste Deus um conceito,
Como dele não fazia.

Aqui vejo descorados
Os ternÍssimos amantes,
Entre as cadeias gemerem;
Vejo nas piras arderem
As entranhas palpitantes.

A quem amas, quanto avistas
(Diz Cupido) não aterra;
Quem quer cingir o loureiro
Também vai sofrer primeiro
Todo o trabalho da guerra.

Contudo, que te dilates
Neste sítio não convenho;
Deixa a estância lastimosa,
Vem ver a sala formosa
Aonde o meu sólio tenho.

Entro noutro grande Templo;
Que perspectiva tão grata!
Tudo quanto nele vejo
Passa além do meu desejo,
E o discurso me arrebata.

É de mármore, e de jaspe
O soberbo frontispício;
É todo por dentro de ouro;

E a um tão rico tesouro
Inda excede o artifício.

As janelas não se adornam
De sedas de finas cores;
Em lugar dos cortinados,
Estão presos, e enlaçados
Festões de mimosas flores.

Em torno da sala augusta
Ardem dourados braseiros,
Queimam resinas que estalam,
E postas em fumo exalam
Da Panchaia[90] os gratos cheiros.

Ao pé do trono os seus Gênios
Alegres hinos entoam;
Dançam as Graças formosas,
E aqui as horas gostosas
Em vez de correrem, voam.

Estão sobre o pavimento
Igualmente reclinados,
Nos colos dos seus amores,
Os grandes Reis, e os Pastores,
De frescas rosas coroados.

Mal o acordo restauro,
Me diz o moço risonho,
Como ainda não reparas
Em tantas coisas tão raras,
De que este Templo componho?

Sabes a história de Jove?
Aqui tens o manso Touro,
Tens o Cisne decantado,

90. Panchaia: ilha mencionada pelo filósofo grego Euhemerus no século 4 a.C.

A Velha em que foi mudado,
Com a grossa chuva de ouro.

Aplica, Dirceu, agora
Os olhos para esta parte,
Aqui tens a Lira d'ouro
Que inda estima o Pastor louro;
E a rede que enlaça a Marte.

Vês este arco destramente
De branco marfim ornado?
À casta Deusa servia,
E o perdeu quando dormia
Do gentil Pastor ao lado.

Vês esta lira? Com ela
Tira Orfeu ao bem querido
Dos Infernos onde estava:
Vês este farol? Guiava
Ao meu nadador de Abido.

Vês estas duas espadas
Ainda de sangue cheias?
A Tisbe, e a Dido mataram;
E os fortes pulsos ornaram
De Píramo, e mais de Eneias.

Sabes quem vai no navio,
Que neste mar se levanta?
É Teseu. Vês esse pomo?
É de Cípide, assim como
São aqueles de Atlanta.

Vê agora estes retratos,
Que destros pincéis fizeram.
Ah! Que pinturas divinas!
Todas são das heroínas,
Que mais vitórias me deram.

Repara nesse semblante,
É o semblante de Helena;
Lá se avista a Grega armada,
E aqui de Troia abrasada
Se mostra a funesta cena.

Vês est'outra formosura?
É a bela Deidamia;
Lá tens Aquiles ao lado,
De uma saia disfarçado,
Como com ela vivia.

Cleópatra é quem se segue:
Ali tens lançando a linha
Marco Antônio sossegado,
Ao tempo em que Augusto irado
Com armada nau caminha.

Aqui Hérmia se figura;
Vê um Sábio dos maiores,
Qual infame delinquente,
Ir desterrado, somente
Por cantar os seus amores.

Este é de Ônfale o retrato;
Aqui tens (quem o diria!)
Ao grande Hércules sentado
Com as mais damas no estrado,
Onde em seu obséquio fia.

Anda agora a est'outra parte,
Conheces, Dirceu, aquela?
Onde vais, lhe digo, explica,
Que beleza aqui nos fica,
Sem fazeres caso dela?

Ergo o rosto, ponho a vista
Na imagem não explicada,

Oh! Quanto é digna de apreço!
Mal exclamo assim, conheço
Ser a minha doce amada.

O coração pelos olhos
Em terno pranto saía,
E no meu peito saltava;
Disfarçando amor, olhava
Para mim a furto, e ria.

Depois de passado tempo,
A mim se chega, e me abala;
Desperto de tanto assombro;
Ele bate no meu ombro,
E assim afável me fala:

Sim, caro Dirceu, é esta
A divina formosura,
Que te destina Cupido;
Aqui tens o laço urdido
Da tua imortal ventura.

Um Nume,[91] Dirceu, um Nume,
Que os trabalhos de um humano
Desta sorte felicita,
Não é como se acredita,
Não é um Nume tirano.

Olha se a cega Fortuna,
De tudo quanto se cria,
Ou nos mares, ou na terra,
Em seus tesouros encerra
Outro bem de mais valia?

Lisas faces cor-de-rosa,
Brancos dentes, olhos belos,

91. Nume: ser divino e sobrenatural.

Lindos beiços encarnados,
Pescoço, e peitos nevados,
Negros, e finos cabelos,

Não valem mais que cingires,
Com braço de sangue imundo,
Na cabeça o verde louro?
Do que teres montes de ouro?
Do que dares leis ao mundo?

Ah! ensina, sim, ensina
Ao vil mortal atrevido,
E ao peito que adora terno,
Que tem, para um o Inferno,
Para outro um Céu, o Cupido.

Ao resto Amor me convida,
Eu chorando a mão lhe beijo,
E lhe digo: Amor, perdoa
Não seguir-te; pois não voa
A ver mais o meu desejo.

LIRA II

Em vão do amado
filho que foge,
Vênus quer hoje
notícias ter.

Sagaz e astuto
ele se esconde
em parte aonde
ninguém o vê.

Dos sinais dados,
bem se conhece
que ele aborrece
a mãe que tem.

Se os seus defeitos
Ela publica,
razão lhe fica
de se ofender.

Foge o menino
e, disfarçado,
vive abrigado
numa cruel.

Com mil carícias
a ímpia o trata;
nem o desata
do peito seu.

Se a semelhança
sempre amor gera,
deve uma fera
outra acolher.

Ah! se o teu nome,
Marília, calo,
que de ti falo
bem podes crer.

LIRA III

Tu não verás, Marília, cem cativos
Tirarem o cascalho, e a rica, terra,
Ou dos cercos dos rios caudalosos,
Ou da minada serra.

Não verás separar ao hábil negro
Do pesado esmeril a grossa areia,
E já brilharem os granetes de ouro
No fundo da bateia.[92]

92. Bateia: recipiente onde se lavam areia, cascalho e pedras para encontrar ouro.

Não verás derrubar os virgens matos;
Queimar as capoeiras ainda novas;
Servir de adubo à terra a fértil cinza;
Lançar os grãos nas covas.

Não verás enrolar negros pacotes
Das secas folhas do cheiroso fumo;
Nem espremer entre as dentadas rodas
Da doce cana o sumo.

Verás em cima da espaçosa mesa
Altos volumes de enredados feitos;
Ver-me-ás folhear os grandes livros,
E decidir os pleitos.

Enquanto revolver os meus consultos.
Tu me farás gostosa companhia,
Lendo os fatos da sábia mestra história,
E os cantos da poesia.

Lerás em alta voz a imagem bela,
Eu vendo que lhe dás o justo apreço,
Gostoso tornarei a ler de novo
O cansado processo.

Se encontrares louvada uma beleza,
Marília, não lhe invejes a ventura,
Que tens quem leve à mais remota idade
A tua formosura.

LIRA IV

Amor por acaso
a um pouso chegava,
aonde acolhida
a Morte se achava.

Risonhos e alegres,
os braços se deram,
e as armas unidas
num sítio puseram.

De empresas tamanhas
cansados já vinham,
e em larga conversa
a noite entretinham.

Um conta que há pouco
a seta aguçada
em uma beleza
deixara empregada.

Diz outro que as flechas
cravara no peito
de um grande, que teve
o mundo sujeito.

Enquanto das forças
cada um presumia,
seus membros já lassos[93]
o sono rendia.

Dormindo tranquilos,
a noite passaram,
e inda antes da aurora
com ânsia acordaram.

— É tempo que o leito
deixemos, ó Morte —
Amor, já erguido,
falou desta sorte.

93. Lassos: relaxados, frouxos.

É tempo, — em reposta
a Morte repete —
que à nossa fadiga
dormir não compete.

As armas colhamos,
voltemos ao giro:
cada um a seu gosto
empregue o seu tiro.

Vão, inda cos olhos
em sono turbados,
ao sítio em que os ferros
estão pendurados.

Amor para as setas
da Morte se inclina;
de Amor logo a Morte
co'as flechas atina.

Oh! golpes tiranos!
Oh! mãos homicidas!
São tiros da Morte
de Amor as feridas.

De um sonho, que pinto,
Marília, conhece
se amor, ou se morte
esta alma padece.

LIRA V

Eu não sou, minha Nise, pegureiro,
que viva de guardar alheio gado;
          nem sou pastor grosseiro,
dos frios gelos e do sol queimado,
que veste as pardas lãs do seu cordeiro.

Graças, ó Nise bela,
graças à minha estrela!

A Cresso não igualo no tesouro;
mas deu-me a sorte com que honrado viva.
Não cinjo coroa d'ouro;
mas povos mando, e na testa altiva
verdeja a coroa do sagrado louro.
Graças, ó Nise bela,
graças à minha estrela!

Maldito seja aquele, que só trata
de contar, escondido, a vil riqueza,
que, cego, se arrebata
em buscar nos avós a vã nobreza,
com que aos mais homens, seus iguais, abata.
Graças, ó Nise bela,
graças à minha estrela!

As fortunas, que em torno de mim vejo,
por falsos bens, que enganam, não reputo;
mas antes mais desejo:
não para me voltar soberbo em bruto,
por ver-me grande, quando a mão te beijo.
Graças, ó Nise bela,
graças à minha estrela!

Pela ninfa, que jaz vertida em louro,
o grande deus Apolo não delira?
Jove, mudado em touro
e já mudado em velha não suspira?
Seguir aos deuses nunca foi desdouro.
Graças, ó Nise bela,
graças à minha estrela!

Pretendam Anibais honrar a História,
e cinjam com a mão, de sangue cheia,
os louros da vitória;

eu revolvo os teus dons na minha ideia:
só dons que vêm do céu são minha glória.
Graças, ó Nise bela,
graças à minha estrela!

LIRA VI

(Tradução)

Amor, que seus passos
ligeiro movia
por mil embaraços,
que um bosque tecia.

Nos ombros me acena
com brando raminho;
e logo me ordena
que siga o caminho.

Por entre a espessura
do bosque me avanço;
e atrás da ventura,
incauto, me lanço.

Já tinha calcado
os montes mais duros,
co peito rasgado
os rios escuros:

Eis que uma serpente,
a língua vibrando,
me crava o seu dente,
me deixa expirando.

Então, surpreendida
da dor que a traspassa,
minha alma ferida
aos beiços se passa.

As iras detesta
Amor. Isto vendo,
e as asas na testa
me bate, dizendo:

— Tu choras, tu gemes,
da serpe tocado,
e o braço não temes
de um númen irado?

LIRA VII

Tu, formosa Marília, já fizeste
Com teus olhos ditosas as campinas
Do turvo ribeirão em que nasceste;
        Deixa, Marília, agora
        As já lavradas setas:
Anda afoita a romper os grossos mares,
Anda encher de alegria estranhas terras;
        Ah! que por ti suspiram
        Os meus saudosos lares.

Não corres como Safo sem ventura,
Em seguimento de um cruel ingrato,
Que não cede aos encantos da ternura;
        Segues um fino amante,
        Que a perder-te morria.
Quebra os grilhões do sangue, e vem, ó Bela;
Tu já foste no Sul a minha guia,
        Ah! deves ser no Norte
        Também a minha estrela.

Verás ao Deus Netuno sossegado,
Aplainar c'o tridente as crespas ondas;
Ficar como dormindo o mar salgado;

Verás, verás, d'alheta[94]
Soprar o brando vento;
Mover-se o leme, desrinzar-se o linho:
Seguirem os delfins[95] o movimento,
Que leva na carreira
O empavesado[96] pinho.

Verás como o Leão na proa arfando
Converte em branca espuma as negras ondas,
Que atalha, e corta com murmúrio brando;
Verás, verás, Marília,
Da janela dourada,
Que uma comprida estrada representa
A linfa[97] cristalina, que pisada
Pela popa que foge,
Em borbotões rebenta.

Bruto peixe verás de corpo imenso
Tornar ao torto anzol, depois de o terem
Pela rasgada boca ao ar suspenso;
Os pequenos peixinhos
Quais pássaros voarem;
De toninhas verás o mar coalhado,
Ora surgirem, ora mergulharem,
Fingindo ao longe as ondas,
Que forma o vento irado.

Verás que o grande monstro se apresenta,
Um repuxo formando com as águas,
Que ao mar espalha da robusta venta;
Verás, enfim, Marília,
As nuvens levantadas,
Umas de cor azul, ou mais escuras,

---

94. Alheta: ângulo formado pelo costado e pela popa do navio.
95. Delfins: golfinhos.
96. Empavesado: ornado com bandeira.
97. Linfa: água.

Outras de cor-de-rosa, ou prateadas,
Fazerem no horizonte
Mil diversas figuras.

Mal chegares à foz do claro Tejo,
Apenas ele vir o teu semblante,
Dará no leme do baixel[98] um beijo.
Eu lhe direi vaidoso:
"Não trago, não, comigo,
"Nem pedras de valor, nem montes d'ouro;
"Roubei as áureas minas, e consigo
"Trazer para os teus cofres
"Este maior Tesouro."

LIRA VIII

Em cima dos viventes fatigados
Morfeu as dormideiras espremia:
Os mentirosos sonhos me cercavam;
Na vaga fantasia
Ao vivo me pintavam
As glórias, que desperto,
Meu coração pedia.

Eu vou, eu vou subindo a nau possante,
Nos braços conduzindo a minha bela;
Volteia a grande roda, e a grossa amarra
Se enleia em torno dela;
Já ponho a proa à barra,
Já cai ao som do apito
Ora uma, ora outra vela.

Os arvoredos já se não distinguem:
A longa praia ao longe não branqueja;
E já se vão sumindo os altos montes,

98. Baixel: pequena embarcação.

Já não há que se veja
Nos claros horizontes,
Que não sejam vapores,
Que Céu, e mar não seja.

Parece vão correndo as negras águas,
E o pinho qual rochedo estar parado;
Ergue-se a onda, vem à nau direita,
E quebra no costado;
O navio se deita,
E ela finge a ladeira
Saindo do outro lado.

Vejo nadarem os brilhantes peixes,
Cair do lais a linha que os engana;
Um dourado no anzol está pendente,
Sofre morte tirana,
Entretanto que a sente,
Ao tombadilho açoita
A cauda, e a barbatana.

Sobre as ondas descubro uma carroça
De formosas conchinhas enfeitada;
Delfins a movem, e vem Tétis nela;
Na popa está parada;
Nem pode a Deusa bela
Tirar os brandos olhos
Da minha doce amada.

Nas costas dos golfinhos vêm montados
Os nus Tritões, deixando a esfera cheia
Com o rouco som dos búzios retorcidos.
Recreia, sim, recreia
Meus atentos ouvidos
O canto sonoroso
Da música sereia.

Já sobe ao grande mastro o bom gajeiro;[99]
Descobre arrumação, e grita — terra!
À murada caminha alegre a gente;
    Alguns entendem que erra;
    Pelo imóvel somente
    Conheço não ser nuvem,
    Sim o cume d'alta serra.

De Mafra já descubro as grandes torres;
(E que nova alegria me arrebata!)
De Cascais a muleta já vem perto,
    Já de abordar-nos trata;
    Já o piloto esperto,
    Inda debaixo manda
    Soltar mezena,[100] e gata.[101]

Eu vou entrando na espaçosa barra,
A grossa artilharia já me atroa;[102]
Lá ficam Paço d'Arcos, e a Junqueira;
    Já corre pela proa
    Uma amarra ligeira;
    E a nau já fica surta
    Diante da grã Lisboa.

Agora, agora sim, agora espero
Renovar da amizade antigos laços;
Eu vejo ao velho pai, que lentamente
    Arrasta a mim os passos;
    Ah! como vem contente!
    De longe mal me avista,
    Já vem abrindo os braços.

---

99. Gajeiro: marinheiro encarregado de um dos mastros do navio.
100. Mezena: mastro mais próximo da ré do navio.
101. Gata: âncora que tem apenas um braço.
102. Atroa: faz estremecer.

Dobro os joelhos, pelos pés o aperto;
E manda que dos pés ao peito passe;
Marília, quanto eu fiz, fazer intenta;
Antes que os pés lhe abrace
Nos braços a sustenta;
Dá-lhe de filha o nome,
Beija-lhe a branca face.

Vou descer a escada, oh Céus, acordo!
Conheço não estar no claro Tejo;
Abro os olhos, procuro a minha amada,
E nem sequer a vejo.
Venha a hora afortunada,
Em que não fique em sonho
Tão ardente desejo!

LIRA IX

Chegou-se o dia mais triste
que o dia da morte feia;
caí do trono, Dirceia,
do trono dos braços teus,
Ah! não posso, não, não posso
dizer-te, meu bem, adeus!

Ímpio Fado, que não pôde
os doces laços quebrar-me,
por vingança quer levar-me
distante dos olhos teus.
Ah! não posso, não, não posso
dizer-te, meu bem, adeus!

Parto, enfim, e vou sem ver-te,
que neste fatal instante
há de ser o teu semblante
mui funesto aos olhos meus.

Ah! não posso, não, não posso
dizer-te, meu bem, adeus!

E crês, Dirceia, que devem
ver meus olhos penduradas
tristes lágrimas salgadas
correrem dos olhos teus?
Ah! não posso, não, não posso
dizer-te, meu bem, adeus!

De teus olhos engraçados,
que puderam, piedosos,
de tristes em venturosos
converter os dias meus?
Ah! não posso, não, não posso
dizer-te, meu bem, adeus!

Desses teus olhos divinos,
que, ternos e sossegados,
enchem de flores os prados
enchem de luzes os céus?
Ah! não posso, não, não posso
dizer-te, meu bem, adeus!

Desses teus olhos, enfim,
que domam tigres valentes,
que nem rígidas serpentes
resistem aos tiros seus?
Ah! não posso, não, não posso
dizer-te, meu bem, adeus!

Da maneira que seriam
em não ver-te criminosos,
enquanto foram ditosos,
agora seriam réus.
Ah! não posso, não, não posso
dizer-te, meu bem, adeus!

Parto, enfim, Dirceia bela,
rasgando os ares cinzentos;
virão nas asas dos ventos
buscar-te os suspiros meus.
Ah! não posso, não, não posso
dizer-te, meu bem, adeus!

Talvez, Dirceia adorada,
que os duros fados me neguem
a glória de que eles cheguem
aos ternos ouvidos teus.
Ah! não posso, não, não posso
dizer-te, meu bem, adeus!

Mas se ditosos chegarem,
pois os solto a teu respeito,
dá-lhes abrigo no peito,
junta-os cos suspiros teus.
Ah! não posso, não, não posso
dizer-te, meu bem, adeus!

E quando tornar a ver-te,
ajuntando rosto a rosto,
entre os que dermos de gosto,
restitui-me então os meus.
Ah! não posso, não, não posso
dizer-te, meu bem, adeus!

SONETOS

1

É gentil, é prendada a minha Alteia;
As graças, a modéstia de seu rosto
Inspiram no meu peito maior gosto
Que ver o próprio trigo quando ondeia.

Mas, vendo o lindo gesto de Dirceia
A nova sujeição me vejo exposto;
Ah! que é mais engraçado, mais composto
Que a pura esfera, de mil astros cheia!

Prender as duas com grilhões estreitos
É uma ação, ó deuses, inconstante,
Indigna de sinceros, nobres peitos.

Cupido, se tens dó de um triste amante,
Ou forma de Lorino dois sujeitos,
Ou forma desses dois um só semblante.

2

Num fértil campo de soberbo Douro,
Dormindo sobre a relva, descansava,
Quando vi que a Fortuna me mostrava
Com alegre semblante o seu tesouro.

De uma parte, um montão de prata e ouro
Com pedras de valor o chão curvava;
Aqui um cetro, ali um trono estava,
Pendiam coroas mil de grama e louro.

— Acabou — diz-me então — a desventura:
De quantos bens te exponho qual te agrada,
Pois benigna os concedo, vai, procura.

Escolhi, acordei, e não vi nada:
Comigo assentei logo que a ventura
Nunca chega a passar de ser sonhada.

3

Enganei-me, enganei-me — paciência!
Acreditei às vezes, cri, Ormia,
Que a tua singeleza igualaria
A tua mais que angélica aparência.

Enganei-me, enganei-me — paciência!
Ao menos conheci que não devia
Pôr nas mãos de uma externa galhardia
O prazer, o sossego e a inocência.

Enganei-me, cruel, com teu semblante,
E nada me admiro de faltares,
Que esse teu sexo nunca foi constante.

Mas tu perdeste mais em me enganares:
Que tu não acharás um firme amante,
E eu posso de traidoras ter milhares.

4

Ainda que de Laura esteja ausente,
Há de a chama durar no peito amante;
Que existe retratado o seu semblante,
Se não nos olhos meus, na minha mente.

Mil vezes finjo vê-la, e eternamente
Abraço a sombra vã; só neste instante
Conheço que ela está de mim distante,
Que tudo é ilusão que esta alma sente.

Talvez que ao bem de a ver amor resista;
Porque minha paixão, que aos céus é grata
Por inocente assim melhor persista;

Pois quando só na ideia ma retrata,
Debuxa[103] os dotes com que prende a vista,
Esconde as obras com que ofende, ingrata.

5

Ao templo do Destino fui levado:
Sobre o altar num cofre se firmava,
Em cujo seio cada qual buscava,
Tremendo, anúncio do futuro estado.

Tiro um papel e leio — céu sagrado,
Com quanta causa o coração pulsava!
Este duro decreto escrito estava
Com negra tinta pela mão do fado:

"Adore Polidoro a bela Ormia,
sem dela conseguir a recompensa,
nem quebrar-lhe os grilhões a tirania."

Das mãos Amor mo arranca, e sem detença,
Três vezes o levando à boca ímpia,
Jurou cumprir à risca a tal sentença.

6

Quantas vezes Lidora me dizia,
Ao terno peito minha mão levando:
— Conjurem-se em meu mal os astros, quando
Achares no meu peito aleivosia![104]

103. Debuxa: imagina; reproduz.
104. Aleivosia: traição, deslealdade.

Então que não chorasse lhe pedia,
Por firme seu amor acreditando.
Ah! que em movendo os olhos, suspirando,
Ao mais acautelado enganaria!

Um ano assim viveu. Oh! céus, agora
Mostrou que era mulher: a natureza,
Só por não se mudar, a fez traidora.

Não, não darei mais cultos à beleza,
Que depois de faltar à fé Lidora,
Nem creio que nas deusas há firmeza.

7

O nume tutelar da Monarquia,
Que fez do grande Henrique a invicta espada,
Procurou dos Destinos a morada,
Por consultar a idade que viria.

A mil e mil heróis descritos via,
Que exaltam de furtado a estirpe honrada,
E na série, que adora, dilatada,
O nome de Francisco descobria.

Contempla uma por uma as letras d'ouro;
Este penhor, que o tempo não consome,
Promete ao reino seu maior tesouro.

Prostra-se o gênio; e sem que a empresa tome
De lhe buscar sequer mais outro agouro,
O sítio beija, e lhe mostra o nome.

8

Nascer no berço da maior grandeza,
De palmas e de louros rodeado,

Deve-se aos grandes pais, ao tronco honrado,
Que ilustra desde longe a natureza.

Se porém muito mais se adora e preza
O Dom que o nobre sangue traz herdado,
Pela própria virtude sustentado,
Feliz o objeto da presente empresa.

De mil heróis, no Tejo vencedores,
Um ramo nasce, um ramo que a memória
Faz imortal de seus progenitores.

Eu leio em vaticínio a sua história:
Une Francisco, a par de seus maiores
Ao herdado esplendor a própria glória.

9

Mudou-se enfim Lidora, essa Lidora
Por quem mil vezes fé me foi jurada.
Que vos detém, ó céus, que castigada
Ainda não deixais tão vil traidora?

Não haja piedade; sinta agora
A dita sem remédio em mal trocada:
Pois, se assim não sucede, fica ousada
Para ser outra vez enganadora.

Vingai, ó justos céus…, mas ah! que digo?
Que maltrateis Lidora? — O sentimento
Privou-me do discurso; eu me desdigo.

Não, não vibreis o raio violento;
Pois sei que a compaixão do seu castigo
Há de aumentar depois o meu tormento.

10

Adeus, cabana, adeus; adeus, ó gado;
Albina ingrata, adeus, em paz te deixo;
Adeus, doce rabil;[105] neste alto freixo
Te fica, ao meu destino consagrado.

Se te for meu sucesso perguntado,
não declares, rabil, de quem me queixo;
não quero que se saiba vive Aleixo
por causa de uma infame desterrado.

Se vires a pastor desconhecido,
lhe dize então piedoso: — Ah! vai-te embora,
atalha os danos, que outros têm sentido.

Habita nesta aldeia uma pastora,
de rosto belo, coração fingido,
umas vezes cruel, e as mais traidora.

11

Com pesadas cadeias manietado,[106]
Às vozes da razão ensurdecido,
Dos céus, de mim, dos homens esquecido,
Me vi de amor nas trevas sepultado.

Ali aliviava o meu cuidado
C'o dar de quando em quando algum gemido.
Ah! tempo! Que, somente refletido,
Me fazes entre as ditas desgraçado.

Assim vivia, quando a falsidade
De Laura me tornou num breve dia
Quanto a razão não pôde em longa idade:

105. Rabil: antigo instrumento de cordas de origem árabe.
106. Manietado: Atado, preso; com as mãos atadas.

Quebrei o vil grilhão que me oprimia!
Oh! feliz de quem goza a liberdade,
Bem que venha por mãos da aleivosia!

12

Obrei quando o discurso me guiava,
Ouvi aos sábios quando errar temia;
Aos Bons no gabinete o peito abria,
Na rua a todos como iguais tratava.

Julgando os crimes nunca os votos dava
Mais duro, ou pio do que a Lei pedia;
Mas devendo salvar ao justo, ria,
E devendo punir ao réu, chorava.

Não foram, Vila Rica, os meus projetos
Meter em férreo cofre cópia d'ouro
Que farte aos filhos, e que chegue aos netos:

Outras são as fortunas, que me agouro,
Ganhei saudades, adquiri afetos,
Vou fazer destes bens melhor tesouro.

13

Quando o torcido buço derramava
Terror no aspecto ao português sisudo,
Quando, sem pó nem óleo, o pente agudo,
Duro, intonso,[107] o cabelo em laço atava.

Quando contra os irmãos o braço armava
O forte Nuno, apondo escudo a escudo:
Quando a palavra, que prefere a tudo,
Com a barba arrancada João firmava.

107. Intonso: hirsuto; não aparado.

Quando a mulher à sombra do marido
Tremer se via; quando a lei prudente
Zela o sexo do civil ruído;

Feliz então, então só inocente
Era de Luso o reino. Oh! bem perdido!
Ditosa condição, ditosa gente!

Este livro foi impresso pela Grafilar
em fonte Minion Pro sobre papel Pólen Soft 70 g/m²
para a Via Leitura no inverno de 2023.